TIMON D'ATHÈNES.

Drame en Cinq Actes de W. Shakespeare.

TRADUIT EN VERS FRANÇAIS

PAR

LE CHEVALIER DE CHATELAIN,

Traducteur du "Contes de Canterbury" de Chaucer.

PRIX DEUX SHILLINGS.

LONDRES :

ROLANDI, 20, BERNERS STREET, OXFORD STREET.

1874.

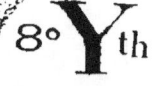

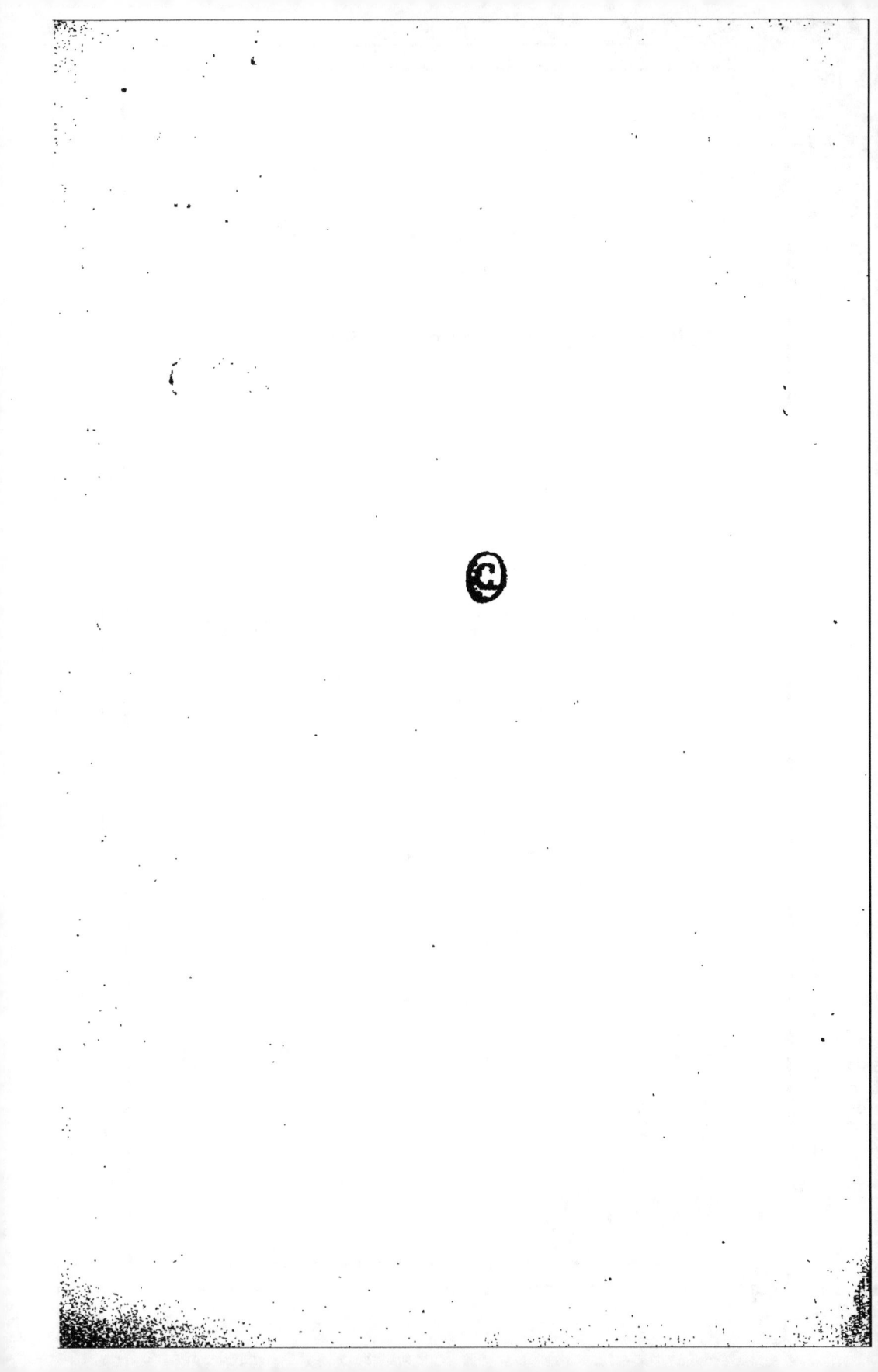

TIMON D'ATHÈNES.

Drame en Cinq Actes de W. Shakespeare.

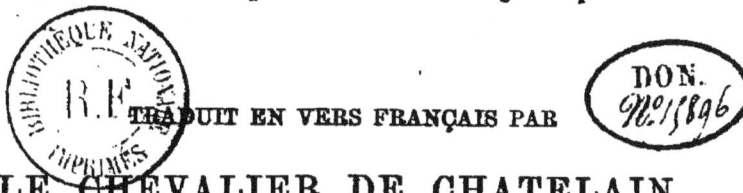

TRADUIT EN VERS FRANÇAIS PAR

LE CHEVALIER DE CHATELAIN,

AUTEUR :

de Pauline et Marcelin—des Nouvelles de l'Autre Monde—d'un Mot sur les Druides de 1824—
des Etrennes à la Jeunesse—de la Petite Histoire des Grands Hommes—des Lettres sur la
Mythologie comparée à l'Histoire—des Prométhéides, revue en vers du Salon de Peinture
de 1833 (en collaboration avec feu Félix Auvray)—des Statistiques de la Chambre des Députés
1835-36—de Sept Ans de Règne, histoire des sept premières Années du Règne de Louis
Philippe, premier et dernier du nom—de Rome Papale, &c. (Tous ces Ouvrages publiés en
France de 1823 à 1838.)

Des Ouvrages suivants publiés en Angleterre, du 25 Novembre 1842 au
19 Janvier, 1874, savoir :

Les Glorieuses, ou Deux Victoires ; Nankin et Caboul—Fables Nouvelles—Epis et Bluets—
A Travers Champs—Perles d'Orient—Le Monument d'un Français à Shakespeare—Notre
Monument—La Folle du Logis—Ronces et Chardons—Le Testament d'Eumolpe—Les
Misérables, souvenir de 1862 ; Victor Hugo's new work, reviewed for the " Jersey Indepen-
dent "—Les Dernières Lueurs d'un Flambeau qui s'éteint, &c. &c. &c.

TRADUCTEUR :

of the Floure and the Leaf, and of Chaucer's Canterbury Tales—Trouveur du Cléomadès
(the Squyre's Tale)—Traducteur des Shakesperean Gems—des Fables de Gay—des Fables
de Christopher Smart—des Simples Poëmes de Mistress Anna Potts—of the Monks of Kilcrea
—de Macbeth—d'Hamlet—de la Tempête—de Julius César—du Marchand de Venise—
d'Othello—de Richard III.—du Roi Lear—des Fleurs des Bords du Rhin—et des Beautés de
la Poésie Anglaise, ouvrage en 5 vol., &c.

LONDRES :

ROLANDI, 20, BERNERS STREET, OXFORD STREET.

1874.

———

PRIX DEUX SHILLINGS.

LONDRES :

IMPRIMERIE DE J. DAVY ET FILS, 137, LONG ACRE.

DÉDICACE.

À

MON EXCELLENT AMI AUGUSTE HERVIEU,

PEINTRE D'HISTOIRE,

DU "MONT CHARMANT," PRÈS LAUSANNE.

À L'AMI DES ANCIENS JOURS!

I.

Vous souvenez-vous, mon très cher Hervieu,
Des temps d'Autrefois pimpants de liesse,
Nous étions tous deux, tout fringants, tout feu,
Tout exhubérants de verte jeunesse!...
Vous souvenez-vous, mon très cher Hervieu,
Des temps d'Autrefois pimpants de liesse!

II.

Nous avions alors, assez peu d'argent,
Mais si nous faisions très peu de dépenses,
Nous avions un lot très encourageant,
Nous avions déjà trésors d'espérances!
Vous souvenez-vous, mon très cher Hervieu,
Que dans ce jadis, nous étions tout feu!

III.

Vous souvenez-vous, nous marchions à l'amble,
Dans ces temps heureux, las! qui ne sont plus!

Nous marchions toujours, oui, toujours ensemble,
En faisant la guerre à tous les abus.
Vous rappelez-vous ces temps de liesse
Tout exhubérants de verte jeunesse !

IV.

Vous souvenez-vous, mon très cher Hervieu
Des temps d'Autrefois—vous faisiez la guerre
Avec un fusil, ne faisant long feu . . . (¹)
Moi je m'escrimais, c'était exemplaire !
Contre les Bourbons, les affreux Bourbons,
Non pas des Bonbons, mais bien des Bubons !

V.

Ce temps déjà loin, je le vois sans cesse,
Souvenez-vous en, mon très cher Hervieu !
Car il me fait joie, il me fait liesse,
Encor qu'il soit loin, encor qu'il soit *feu !*
Mais des temps passés la verte jeunesse,
Est mon Idéal, mon Enchanteresse !

VI.

Avant de vous dire, éternel adieu,
A vous donc là-bas ! . . . Mon Timon d'Athènes !
Il fut composé par un demi-Dieu,
Par mon favori—plus qu'un Démosthènes !
Car il fut Shakespeare—un fameux auteur
Qui s'en fut du ciel toucher la hauteur !

(¹) Allusion à la Guerre d'Espagne (1823) où notre ami pour y avoir pris part, fut condamné à Mort ! Ce qui n'empêche pas que notre ami Auguste Hervieu, à l'âge vénéré et vénérable de 78 ans, ne se ressente absolument en rien de cette condamnation devenue illusoire ! Nous avons reçu de sa *jeune* et admirable palette le 19 janvier, 1872, pour l'anniversaire de notre naissance (nous sommes né en 1801) une magnifique feuille de laurier encadrant une délicieuse rose rouge, *née* en janvier 1872 sous la couverture blanche du Mont Charmant.—C. DE C.

VII.

Vous souvenez-vous, nous marchions à l'amble,
Dans ces temps heureux, qui, las ! ne sont plus !
Nous marchions toujours, oui, toujours ensemble,
En faisant la guerre à tous les abus !
Vous rappelez-vous ces temps de liesse
Tout exhubérants de verte jeunesse ! ...

CHEVALIER DE CHATELAIN.

Castelnau Lodge,
    23 Avril, 1874.

TIMON D'ATHÈNES.

DRAME EN CINQ ACTES DE W. SHAKESPEARE.

TRADUIT EN VERS FRANÇAIS

Par LE CHEVALIER DE CHATELAIN.

AVANT-PROPOS.

Avant tout Propos.

Frappe ! mais écoute !...

Avant *tout propos*, comme il nous plaît de le dire, qu'il nous
soit permis à Nous qui comme *Auteur* et comme *Traducteur*
surtout, avons été parfois extrêmement mal mené par l'*Athenæum* alors sous la direction du Sieur W. H. Dixon, et par
l'*Academy* (voir page 141 du présent volume) de dire notre
pensée, sinon comme AUTEUR (nous mettons *The Academy* hors
cause—notre réputation comme *Auteur* étant faite), et *The
Academy* ne pouvant prévaloir contre elle....au moins comme
TRADUCTEUR.

Nous disons avant tout—et d'abord ! merci et grand merci à
ceux des journaux qui ont bien voulu apprécier nos efforts.
Cet *avant tout propos* n'est réellement dirigé que contre nos
détracteurs—de mauvaise foi.   Nous reprenons notre texte,
nous allions dire notre sermon.

Des journaux, ayant barbe au menton, persistent à dire, et
qui plus est, osent écrire :—

" Qu'un traducteur n'a aucun mérite ! ... Selon ces journaux tout le mérite d'un traducteur consistant à répercuter dans sa langue, ce qui a été écrit dans une langue étrangère."

" Well and good ! "

Nous dirons maintenant à ces " Eunuques " de la littérature, qui ne savent probablement que leur langue (et encore est-ce une question s'ils savent leur langue ! ! !)—ce sont ceux-là qui généralement parlant jugent les auteurs avec une sévérité sans égale ? Que seriez-vous ?—Vous Anglais, par exemple, si vous ignoriez les langues modernes ?   L'Allemand, le Français, l'Italien, le Russe, les langues du Nord, &c. &c. &c.—je ne parle pas des langues classiques'! ...   Mes *Bons*, vous seriez tous et chacun (ce que beaucoup d'entre vous sont) hélas ! ... et resteront, *qui plus est, usque ad vitam æternam*—des Buses—des Nullités ! ! !

Et maintenant examinons en gros (*grosso modo*) les Traductions.

Nous qui écrivons ces lignes, Dieu sait à quelles abominations de la désolation nous n'avons pas été exposés. Ce qu'on a dépensé d'encre pour nous occire, est indicible, et cependant nous vivons encore, nous avons cette impertinence, et depuis 1822 jusqu'à ce jour 23 avril, 1874, nous avons eu l'effronterie de produire plus de 50 volumes ! ...

Comme traducteur, des journaux haut placés dans l'Opinion Publique (dans notre opinion des Imbéciles !) ont crié Haro ! sur nous lors de notre traduction des " Contes de Canterbury " (généralement accueillie avec des éloges qui ont dépassé nos espérances) parce que nous avons traduit en vers deux Contes de Chaucer donnés en prose par le Père de la Poësie Anglaise ? —Pourquoi nous sommes-nous rendu coupable de ce crime ? ... Seulement parce que Chaucer avait traduit *en prose* d'un manuscrit Français écrit *en prose*—ces deux contes, et que nous eussions risqué de tomber, *nolens volens*, dans la prose de l'auteur original—traduit—ou peut être seulement *retranscrit* par Chaucer—le Grand Chaucer ! ...

Du reste, veux-t-on savoir notre opinion bien arrêtée sur les traductions *des Poëtes* .... en PROSE? La voici franche et nette.

De même que Walter Scott a été abominablement traduit en prose par Defauconpret, de même Burns par le fils d'un ancien proviseur d'un collège de France, par De Vailly; de même Shakespeare. Letourneur, Benjamin de la Roche, Guizot, même feu notre ami François Victor Hugo, ne sont et n'ont été que des contrefacteurs du grand Génie qui fut Shakespeare. La prose est un *medium* impossible pour rendre le vers. Traduisez donc en prose *La Légende des Siècles* de Victor Hugo, ou essayez de mettre *en vers* " 93 " !... Vous verrez à quels résultats vous arriverez !... A l'impossible nul n'est tenu !

Sous prétexte d'être scrupuleusement exacte, la prose est lâche et diffuse !... Elle n'a rien qui puisse remplacer le rhythme et la musique—même du vers blanc ! Et ici soit consigné :—" Dans nos traductions en vers des pièces de Shakespeare, des neuf chefs-d'œuvre par nous déjà livrés à la publicité, nous avons voulu rendre Shakespeare non dans le style moderne des années écoulées depuis 1862 jusqu'à 1874, mais dans le style usité dans les années où vivait ce Grand et Sublime Génie. Feu notre excellent ami, Emile Deschamps, un grand poëte pourtant, pour avoir voulu adapter à la scène française " Macbeth " et " Romeo et Juliette," n'a obtenu que deux demi-succès, malgré son talent incontestable, les exigences des stupides directeurs de l'Odéon, ayant forcé l'admirable poëte à défigurer les deux merveilleux drames de Shakespeare pour les rendre *acceptables*—au *goût* (prétendu français) c'est-à-dire pour faire de ces deux chefs-d'œuvre .... deux—parodies !

Nos traductions de Shakespeare .... qu'on se le dise !... sont des études *sur le nu.* Elles sont écrites dans ce style moyen âge qui nous a valu les applaudissements de la Presse Anglaise, Américaine et Française pour notre traduction des " Contes de Canterbury " de Chaucer. Le lecteur n'y trouvera ni les *Messieurs*, ni le *Monsieur*—de Messieurs Guizot, Letourneur, Benjamin La Roche, et de François Victor Hugo. Ces appellations du temps de Shakespeare sont tout bonnement ridicules à l'extrême. Si le pronom personnel, *chez nous*, brille souvent par son absence, c'est pour nous rapprocher du style moyen âge, qui ne l'avait pas en spéciale faveur. Si le mot *cru* et *nu* se trouve dans nos dites traductions, c'est que du temps de Shakespeare on n'avait pas eu l'impudicité d'affubler les statues des mâles, d'une impudique feuille de vigne.

En tout et pour tout, nous avons toujours cherché à rendre Shakespeare et son style comme Shakespeare et son style eussent été dans le temps où vivait Shakespeare, si ce Grand Génie au lieu de naître Anglais pour l'éternelle Gloire de son pays—fut né Français.

Avons-nous réussi ? C'est au lecteur à résoudre la question.

CHEVALIER DE CHATELAIN.

23 *Avril*, 1874.

TIMON D'ATHÈNES.

INTRODUCTION.

Voici ce que nous avons écrit sur "Timon d'Athènes" en 1868 dans notre ouvrage intitulé :

SHAKESPEAREAN GEMS (JOYAUX DE SHAKESPEARE),

publié dans les langues Anglaise et Française par ce vaillant homme, désireux de mettre les deux plus grandes nations du globe en communion d'idées et d'intellectualité ; le dit vaillant homme *yclept* William—*or* Guillaume Tegg, l'un des publishers des plus honorables et des plus honorés de la vieille cité de Londres.

" Timon d'Athènes, le généreux, qui devint misanthrope par suite de l'ingratitude de ses amis, et dont Plutarque a enrégistré les faits et gestes, a fourni à Shakespeare le héros de la tragédie bourgeoise qui porte son nom.

" ' Il n'y a pas,' dit le Dr. Johnson, ' beaucoup d'art dans le plan, mais les incidents sont naturels, et les caractères variés et exacts. La catastrophe offre un avertissement salutaire et frappant contre l'effet d'une libéralité trop fastueusement prodigue, de laquelle n'advient nul profit, avec laquelle on achète de la flatterie, mais non une amitié réelle et solide.' "

Dans de vieilles paperasses imprimées, trouvées dans les broussailles de nos nombreuses et presqu' inutiles collections des vieux de la vieille, nous avons mis la main dessus un fatras d'antiques pages, remontant probablement jusqu'à Ducis. C'était alors le métier des suivants de Ducis d'ôter à Shakespeare toute son originalité. Ces émondeurs voulaient faire un Shakespeare, bon à être mis dans les mains des touts petits enfants, sans pouvoir froisser leur pudeur encore inédite, leur pudeur à l'état d'embryon—non encore éveillé!!! Nous profitons de ces pages, en les retouchant quelque peu, et sans avoir à rendre à César ce qui appartient à César, attendu leur anonymité, pour compléter ce que nous disons du Timon de Shakespeare d'après le Dr. Johnson et d'après Schlegel.

Timon d'Athènes nécessairement était Athénien. Demandez à M. de la Palisse! Il vivait dans le temps de la guerre du Péloponèse, comme on le voit par les comédies d'Aristophane et de Platon, où il est traité comme un bourru, et comme un misantrope. Il évita la société, et rompit tout commerce avec les hommes ; il n'aimait que le jeune Alcibiade, à cause de son courage décidé. Apémantus, étonné de cette tendresse, lui en demanda la raison. "J'aime ce jeune homme," lui dit Timon, "parce que je sais qu'il fera un jour beaucoup de mal aux Athéniens." Cet Apémantus était encore un homme qu'il fréquentait quelquefois, parce qu'il lui ressemblait dans ses sentiments et dans sa conduite. Un jour de fête, qu'ils dînaient, ensemble en tête-à-tête, Apémantus s'écria : "Que ce repas est délicieux ! "—"Oui," repartit Timon, "si tu n'y étais pas !"

On raconte que, dans une assemblée des Athéniens, Timon se dirigea vers la tribune aux harangues et y monta. Cette nouveauté excita le plus grand étonnement, et chacun attendait en silence ce qu'il allait dire. Alors il éleva la voix.

" O Athéniens ! " dit-il, " j'ai un petit terrain, dans ce petit terrain croît un grand figuier, auquel plusieurs de vos concitoyens se sont déjà pendus ; j'ai l'intention d'y bâtir ; mais, je n'ai pas voulu le faire abattre sans vous en prévenir publiquement, afin que celui de vous qui aurait encore envie de s'y pendre, veuille bien se hâter, avant que le figuier ne soit décidément abattu." Après sa mort il fut enterré sur le rivage de la mer près de la ville de Hales. La terre qui était autour de son tombeau fut entraînée par les flots, il resta ainsi environné des eaux, sans que personne put approcher.

. Dans les dialogues de Lucien, on en trouve un intitulé : " Timon, ou le Misanthrope." Il commence par les reproches amers que Timon vomit dans sa fureur contre Jupiter, lorsque, abandonné de ses faux amis, il sort d'Athènes, pour aller cultiver la terre dans les bois. Jupiter demande à Mercure quel est cet être chétif et misérable, qui ose élever la voix vers lui du pied du Mont Hymette.

" Certainement," dit le Dieu, " c'est un philosophe, sans quoi il ne blasphémerait pas ainsi contre moi ! "

Mercure lui fait connaître Timon, et toutes ses aventures.

Jupiter trouve juste de s'interresser à un malheureux qui lui a sacrifié tant de chèvre, et de taureaux, dont la douce odeur dure encore dans ses narines. Il ordonne à Mercure de conduire le Dieu des Richesses à Timon, pour habiter de nouveau avec lui, et il se réserve la punition des flatteurs et des faux amis de Timon, aussitôt que sa foudre, dont une pointe s'est rompue, sera reforgée. Plutus refuse d'aller chez Timon, parce qu'il l'avait chassé autrefois de chez lui, et qu'il n'avait pas su connaître le prix de la richesse. Jupiter ne reçoit point cette excuse, et le force d'y aller. Plutus et Mercure arrivent chez Timon et trouvent en sa compagnie la Pauvreté, le Travail, la Patience, la Sagesse, la Fermeté, et tout le cortège de la Faim.

La Pauvreté leur adresse la parole, et n'approuve pas du tout cette ambassade ; mais comme c'est la volonté de Jupiter, elle est forcée de déloger avec toute sa suite.

Timon accueille mal les deux messagers divins, les maltraite de paroles, et les menace de leur jeter des pierres.

Mercure lui dit : " Qui ils sont "—

Mais Timon s'en rit. Il hait les Dieux comme les hommes. Il est surtout en colère contre Plutus parce qu'il le regarde comme l'auteur de ses malheurs ; c'est lui qui lui attiré des flatteurs, suscité des ennemis et des envieux, qui l'a ruiné par la débauche, et qui a fini par l'abandonner avec perfidie. Il est content de son genre de vie actuel, et ne demande pas les bienfaits de Jupiter.

Plutus se défend, et se plaint de l'abus que Timon a fait de ses richesses. Cependant pour obéir aux ordres de Jupiter, Plutus fait trouver une grande quantité d'or à Timon en fouillant la terre. Timon se détermine à acheter le champ qu'il cultive, pour conserver cet or dans une tour, dont il veut faire son habitation solitaire, et dans la suite son tombeau ; au reste, il est bien résolu de haïr et de détester les hommes comme auparavant. Il voit venir chez lui une foule de gens attirés par le bruit de ses trésors ; il se propose de leur parler, mais pour les accabler d'insultes, et pour les renvoyer avec mépris.

Le premier qui vient à lui est Gnathonidès, l'un de ses faux amis qui lui présente un Dithyrambe.

Timon le rebute en le frappant vigoureusement de sa bêche.

Vient ensuite Philiadès, auquel il avait anciennement fait présent d'une terre et de deux talents pour marier sa fille, mais qui l'avait aussi abandonné dans son désastre.

Il le reçoit de même à coups de bêche.

Vient ensuite le rhéteur Déméa, qui lui lit un décret par lequel on lui donne les louanges les plus exagérées, et on lui décerne les honneurs les plus extraordinaires. Il n'est pas mieux reçu que les autres. Après lui vient le philosophe Heraclès, qui prêche la vertu et la sobriété, mais dont la conduite est tout à fait opposée à sa morale. Il feint qu'il n'est venu que dans l'intention de l'avertir de ne point abuser de ses richesses, et il lui conseille de les rejeter toutes, et cependant de lui remplir auparavant sa poche d'or, pour récompense de ses bons avis, attendu qu'il se contente de peu. Des coups de bêche sont encore la réponse à cette demande. Il arrive encore une foule de pareils importuns; Timon se place sur un rocher, et du sommet il leur jette des pierres.

Ainsi Plutarque et Lucien sont les principales sources de l'histoire de Timon. On se demande maintenant où Shakespeare a puisé le sujet de son drame? L'épisode de Plutarque ne paraît pas avoir été suffisant pour lui fournir le grand nombre de circonstances insérées dans ce drame, qui n'ont cependant pas l'air d'être toutes de sa propre invention. Il est vrai, qu'on trouve dans Lucien quelques unes des situations de la pièce, mais il s'en faut bien qu'elles y soient toutes; et d'ailleurs du temps de notre poëte, on n'avait pas encore en Angleterre une traduction complète de Lucien, ni même de ce dialogue isolé. Il faut croire que Shakespeare puisa le fond de son sujet dans quelque narration populaire de l'histoire de Timon le misantrope, qu'il pouvait avoir trouvée dans quelques recueils de contes, et d'histoires dont il se servait ordinairement. Farmer fait observer que cette histoire est racontée dans presque toutes les collections de cette espèce, de même que dans le *Palace of Pleasure,* d'où notre poëte tire quelques sujets. Peut-être aussi le Plutarque Anglais lui donna-t-il l'idée de mettre ce caractère en drame, dans le temps qu'il travaillait à la tragédie d'Antoine. Farmer ajoute, qu'à en juger par un passage d'une ancienne tragédie, intitulée : *Jack Drum's Entertainment,* il paraît vraisemblable qu'on avait déjà mis sur la scène une pièce quelconque dans le même genre.

Timon d'Athènes est sans contredit un des meilleurs morceaux de Shakespeare, et il est réputé un des plus instructifs. Les suites funestes d'une libéralité fastueuse et mal entendue, et le peu de fonds qu'on doit faire, dans une grande fortune, sur des amis flatteurs, l'injustice de la misantropie générale, tous ces objets sont peints dans ce drame, avec les couleurs les plus vives. Le caractère très original d'Apémantus décèle, lui seul, une main de maître ; Timon et son honnête intendant Flavius, ne sont pas moins vrais, ni moins caractérisés.

Thomas Shadwell retoucha cette pièce en 1678 ; il y joignit l'amour, et donna à Timon une maîtresse qui lui reste fidèle dans sa mauvaise fortune. Cumberland refit encore Timon, et ajouta le rôle d'Evanthe, fille de ce misantrope, qui adoucit également les chagrins de son père. C'est avec les changements de Cumberland qu'on a joué longtemps à Londres le drame de Timon.

Nous, Chevalier de Chatelain, quoique depuis quelque quarante ans citoyen de Londres, nous n'avons jamais eu occasion de voir représenté le "Timon d'Athènes." Peut-être alors, dans notre verte jeunesse étions-nous moins Grand Admirateur du Sublime Génie qui fut Shakespeare. Peut-être ne pensions-nous pas alors à essayer de traduire le *Poëte de tous les Ages* pour offrir ses inimitables œuvres à nos compatriotes, Messieurs les Français, qui ne trouvent rien de beau au delà de leur sphère si rétrécie et si bornée! Le fait est que le "Timon," à notre grand regret, nous ne l'avons jamais vu sur la scène!... Hélas! Trois fois hélas!

Et maintenant disons-le, nous avons traduit le "Timon d'Athènes," au mieux de notre pouvoir. C'est une étude que nous mettons sous les yeux de nos lecteurs ; une étude dont nous ne saurions recommander la lecture aux jeunes demoiselles.

" La mère en défendra la lecture à sa fille."

Encore avons-nous cru devoir *adoucir*—mais *rarement sup-primer*—des expressions trop brutales ou trop cyniques, ainsi que nous sommes forcé de le faire dans notre traduction du "Winter's Tale," que nous écrivons en ce moment.

Le Shakespeare tel qu'il fut dans l'origine, n'est plus *jouable* sur la scène....il s'adresse à l'homme de cabinet, aux gens lettrés de tous les pays, aux Français, aux Belges, aux Hollandais, principalement aux gens désireux de savoir quel fut ce Grand Génie....*in naturalibus.* A quoi servirait de souiller notre plume *exprès*, à répercuter *des immondices de langage*, que le temps où vivait Shakespeare autorisaient! Nous craignons pourtant que quelques uns de nos lecteurs ne nous accusent encore d'être souvent resté.... *trop fidèle au texte !*

Nous avons dit,

CHEVALIER DE CHATELAIN.

TIMON D'ATHÈNES.

TIMON D'ATHÈNES.

DRAME EN CINQ ACTES DE SHAKESPEARE.

PERSONNAGES.

TIMON, noble Athénien.

LUCIUS,
LUCULLUS, } Nobles, faux amis de Timon.
SEMPRONIUS,

VENTIDIUS, un des faux amis de Timon.

APÉMANTUS, Philosophe cynique.

ALCIBIADE, Général Athénien.

FLAVIUS, Intendant de Timon.

FLAMINIUS,
LUCILIUS, } Serviteurs de Timon.

CAPHIS,
PHILOTUS,
TITUS, } Serviteurs de différents Usuriers.
LUCIUS,
HORTENSIUS,

DEUX SERVITEURS de Varron.

UN SERVITEUR d'Isidore.

DEUX CRÉANCIERS de Timon.

CUPIDON et MASQUES.

TROIS ÉTRANGERS.

UN POËTE.

UN PEINTRE.

UN JOAILLIER.

UN MARCHAND.

UN VIEIL ATHÉNIEN.

UN PAGE.

UN FOU.

PHRYNIA,
TIMANDRA, } Maîtresses d'Alcibiade.

Seigneurs, Sénateurs, Officiers, Soldats et Suivants.

La Scène est à Athènes, et dans les bois environnants.

TIMON D'ATHÈNES.

ACTE I.

SCÈNE I.

Athènes. Une Salle dans la maison de Timon.

Entrent de différents côtés : UN POËTE, UN PEINTRE, UN JOAILLIER, UN MARCHAND, *et autres.*

LE POËTE.

Eh ! Messire ! bonjour !

LE PEINTRE.

De vous voir en santé
Après un si longtemps, je me sens enchanté.

LE POËTE.

Eh ! dites-moi, comment se gouverne le monde ?

LE PEINTRE.

En vieillissant, je crois, que s'use sa faconde.

LE POËTE.

En riant, vous pourriez dire la vérité !
Mais n'admirez-vous pas, quel pouvoir la bonté
Sur esprits si divers sans s'en douter exerce ;
Ici, sont réunis, et Beaux Arts et Commerce....
Je connais ce marchand.

B

LE PEINTRE.

Aussi je le connais,
Aussi son compagnon, joaillier qui fait florès.

LE MARCHAND.

C'est un digne seigneur que de céans le maître.

LE JOAILLIER.

Un homme incomparable.... Oh! vous verrez peut-être
Un bijou que j'ai là.

LE MARCHAND.

Laissez-le moi donc voir?
Est-ce au Seigneur Timon que vous avez l'espoir
De vendre ce bijou?

LE JOAILLIER.

Certes, j'en serais aise,
S'il voulait m'en donner bon prix, par parenthèse.

LE POËTE (*lisant*):

Lorsque d'un homme vil, nous faisant le flatteur,
Nous lui jetons l'encens d'un vers adulateur,
Du barde, par le fait, nous flétrissons la gloire,
Et lui fermons l'accès du temple de mémoire,
S'il lui plaisait alors chanter l'homme de bien.

LE MARCHAND (*examinant le bijou*).

La forme en est jolie.

LE JOAILLIER.

Oui, c'est aérien,
D'une grande richesse, et de l'eau la plus pure.

LE PEINTRE (*au Poète*).

Vous méditez beaucoup, vous êtes je le jure,
Dans le feu du combat. Est-ce au Signor Timon
Que vous la destinez cette œuvre de renom?

LE POËTE.

C'est une idée, à mon avis assez heureuse ;
Qui de s'offrir à moi, vint la voluptueuse !
Vint et toute habillée.—Il est heureux chez nous
D'avoir de nobles vers, les perles, les bijoux,
Cela coule de source, est le produit de l'arbre
Des plus profonds pensers durables comme marbre.
Le feu qui se recueille, au fond du dur caillou,
Ne fait flamme jamais,—que lorsqu'on ne sait d'où
On s'en vient le frapper.   Du poète la flamme
S'allume d'elle même, est le trop plein de l'âme,
Et comme un fier torrent précipitant son cours,
Ses digues les rompant, roule, roule toujours.
Mais . . . . qu'avez-vous donc là ?

LE PEINTRE.

                        Ce n'est qu'une peinture,
Mais quand donc paraîtra votre œuvre d'aventure ?

LE POËTE.

Sitôt que de Timon j'obtiendrai le permis.
Oh ! laissez-moi donc voir ce tableau ?

LE PEINTRE.

                        C'est exquis !
Je le pense du moins.

LE POËTE (*examinant le tableau*).

              Parbleu ! c'est admirable !
De l'ordonnance entière, on comprend bien la fable,
Que de grâce en la pose, et quel feu dans les yeux !
Cette lèvre est parlante . . . . Oh ! c'est délicieux !
Jamais on n'a su prendre aussi bien la nature
Sur le fait.

LE PEINTRE.

           Je le sais.   C'est une toile pure,
Cette touche surtout, a beaucoup de vigueur.

Le Poëte.

Ça fait mentir la vie absolument d'honneur !

(*Entrent et passent plusieurs Sénateurs.*)

Le Peintre.

Quelle foule nombreuse à sa suite il enchaîne
Ce bon Seigneur Timon !

Le Poëte.

Les Sénateurs d'Athène !
C'est un heureux mortel !

Le Peintre.

Quel glorieux concours !

Le Poëte.

Moi, j'ai dans cet ouvrage, en son noble parcours,
Quoiqu' à peine ébauché, peint à grands traits un homme
Auquel le monde entier d'accord, donne la pomme.
Mon génie indompté ne s'arrête aux détails,
Des grands temples des arts il ouvre les portails,
Et mon burin oseur pour acquitter mes dettes,
Se creuse avec amour, s'incruste en mes tablettes.
Nul trait malicieux, nul sentiment pervers
Ne vient un seul instant empoisonner mon vers,
Ma muse prend l'essor comme le vol de l'aigle,
S'élever et toujours, voilà son but, sa règle !

Le Peintre.

Je ne vous comprends pas.

Le Poëte.

Lors, je vais, entre nous,
De mes pensers, pour vous, retirer les verroux.
Vous voyez, n'est-ce pas, comme tous les hommages
Des rangs et des esprits les plus fous, les plus sages,

S'en viennent à Timon pour payer le tribut
De leur dévotion ; nul ne manque son but.
Son immense bonté, son immense fortune,
Les attache à son char, et sans lacune aucune,
Depuis le vil flatteur, du maître le miroir,
Jusqu'à l'Apémantus, lui, qui voit tout en noir,
Et se hait, qui plus est—mais, joyeux s'en retourne,
Quand par hazard sur lui, l'œil de Timon se tourne !

Le Peintre.

Je les ai vu causer.

Le Poëte.

        Messire au haut d'un mont
Dont le pic élevé va toucher le plafond
Où se complait l'azur, j'ai trôné la Fortune
Non, une femme blonde, oh ! fi ! mais une brune
Ayant puissant vouloir d'élever ses amants,
Et les prenant un peu partout, dans tous les rangs.
Aux marches de son trône, et d'étage en étage,
J'ai placé des talents divers et de tout âge,
Aspirant à l'envi la gloire et les honneurs,
Et désireux surtout de capter ses faveurs.
Sous les traits de Timon j'ai créé d'aventure,
Un personnage beau, d'une noble nature,
Un idéal auquel fait signe d'avancer
La Déesse .... et soudain, ce Timon d'éclipser
Tous ses rivaux soumis, devenus ses esclaves,
Et rampant à ses pieds, eux, hier encor si braves ?

Le Peintre.

Cela me semble beau.   Je conçois en effet
Que de peindre ce trône, et ce mont qui plus est
Au pic audacieux, où s'assied la Fortune,
Et cet homme d'en bas, qui, lui, sans crainte aucune
Sans sourciller, gravit ce mont à tout hasard,
Serait un beau sujet que rendrait bien notre art.

LE POËTE.

Je vous l'accorde, mais . . . . mais laissez-moi poursuivre
Ce nombreux tas de gens, faits moins d'or que de cuivre,
Qui suivent maintenant ses pas triomphateurs,
Lui lançant à l'envi propos adulateurs,
Ces gens, qui, volontiers, lui lécheraient la botte,
Lui tiendraient l'étrier, lui, fût-il dans la crotte,
Et qui, c'est fait certain, ne vivent que par lui . . . .

LE PEINTRE.

Eh ! bien après ?

LE POËTE.

            Eh bien !   Concevez son ennui,
Ce favori—Des monts, hissé jusqu'au pinacle,
Et qui, juché si haut, se croyait un oracle,
Frappé par la Fortune, un sombre jour d'humeur,
Tombe de chûte en chûte au-dessous du malheur ;
Pas un de ses amis du pic de la montagne
Ne cherche à l'étayer ; . . . pas un ne l'accompagne.

LE PEINTRE.

C'est le sort ordinaire, et dans mille tableaux,
On pourrait faire voir sous des jours plus nouveaux
De la Fortune, hélas ! ces immondes caprices,
En dépit des vertus, elle extollant les vices.
Cependant mon avis est : vous avez raison,
Du bon Seigneur Timon d'éclairer l'horizon,
Le pauvre, bien souvent, au bas de la montagne
Voit le riche tomber de son mât de cocagne. (¹)

(¹) L'*Athenæum*, et d'autres imbéciles de sa suite et de son espèce,
vont crier Haro ! sur nous... "Le mât de cocagne !" vont-ils dire,
"n'était pas inventé alors qu'existait Timon !" Idiots que vous êtes !
Que nous importe à nous ? Si l'image moderne exprime honnêtement
la pensée du poëte, et la fait mieux comprendre à nos lecteurs français.
—C. DE C.

Timon arrive au bruit des fanfares, avec une suite nombreuse, le Messager de VENTIDIUS *s'entretient avec lui.*

TIMON (*au Messager*).

Il est emprisonné, dites-vous ?

LE MESSAGER.

Oui, Seigneur,

Oui, mon noble Seigneur, cinq talents, c'est d'honneur
Le montant de sa dette,—il n'a pas d'autre dette,
Mais il n'a de ressource, et vide est sa cassette ;
Et si vous ne daignez venir à son secours,
Son espoir est perdu, sont confisqués ses jours.

TIMON.

Noble Ventidius ! Allons ! la chose est faite,
Je le sais plein d'honneur, je vais payer sa dette ;
Pour méthode je n'ai d'obliger à demi,
Un ami malheureux devient plus qu'un ami.

LE MESSAGER.

Ce bienfait, Monseigneur, à jamais vous l'attache.

TIMON.

Sa rançon je l'envoie, il ne faut qu'il se cache,
Dites-lui de ma part, aussitôt libéré,
De venir près de moi, d'un pas accéléré ;
Car ce n'est pas assez d'éteindre la souffrance,
Oh ! dans la vie il faut raviver l'espérance !

LE MESSAGER.

A vous ! tous les bonheurs !

Entre un VIEIL ATHÉNIEN.

LE VIEIL ATHÉNIEN.

Seigneur Timon daignez

M'entendre, je vous prie.

TIMON.

Oh ! bon vieillard parlez !

LE VIEIL ATHÉNIEN.

Nommé Lucilius, vous avez, je le pense,
Un serviteur.

TIMON.

C'est vrai, cela ne fait doutance,
Que voulez-vous de lui ?

LE VIEIL ATHÉNIEN.

Timon ! noble Seigneur !
Faites venir ici ce jeune serviteur.

TIMON.

Ici, Lucilius !

LUCILIUS.

Monseigneur, à vos ordres !

LE VIEIL ATHÉNIEN.

Cet homme, Monseigneur, source de beaux désordres,
Fréquente ma maison de nuit.   Je suis marchand,
J'ai longtemps travaillé, j'ai du bien maintenant,
Et ma position vaut mieux qu'un domestique,
Que l'un de vos valets.

TIMON.

Mais . . . . qu'a-t-il fait d'inique ?

LE VIEIL ATHÉNIEN.

Je possède une fille unique . . . . un vrai joujou,
Elle est jeune, elle est belle, en un mot un bijou ;
C'est d'un amour exquis la plus belle des perles,
Elle chante bien mieux que ne chantent les merles. (¹)

(¹) Ces deux vers sont ce qu'on appelle du fouillis—du remplissage—ils
ont été écrits pour éviter le contact de—

     joujou
     bijou,
     amour
     autour.

Que celui qui est sans péché, et se résigne à recommencer toute une
scène, nous jette la première pierre.—C. DE C.

Voilà que ce valet lui jette son amour
Au nez, or ma fillette, elle est dà, faite autour !...
Daignez, Seigneur Timon, dire à ce malhonnête,
Que ma fille est ma fille, et pour lui ne fut faite !

TIMON.

C'est un brave garçon.

LE VIEIL ATHÉNIEN.

Cela n'est rien, ma foi !
Qu'il me laisse ma fille !... Eh ! ma fille est à moi !

TIMON.

L'aime-t-elle ?

LE VIEIL ATHÉNIEN.

Elle est jeune et par suite est crédule !...

TIMON (à *Lucilius*).

Aimes-tu cette fille ?

LUCILIUS.

Oh ! Seigneur ne recule
A dire que je l'aime, et qu'elle m'aime aussi.

LE VIEIL ATHÉNIEN.

Sans mon consentement, je le déclare ici,
Si ma fille un beau jour malgré moi se marie,
J'atteste les Dieux que, ce n'est pas raillerie,
J'irai chercher ailleurs un infime héritier,
Pour la deshériter et la répudier.

TIMON.

Quelle sera sa dot, si celui qu'elle épouse
Est agréé par vous ?

LE VIEIL ATHÉNIEN.

Je n'y vais pas par douze
Chemins, moi je lui donne aussitôt trois talents ;
Le reste après ma mort, tenants, aboutissants.

C

TIMON.

Cet honnête homme a fait un fidèle service
Dans ma maison, je veux lui rendre un bon office,
Pour fonder sa fortune et vais faire un effort.
Donnez-lui votre fille, à mon tour me fais fort
De fournir à l'époux, lui faire et lui parfaire,
La dot, qu'à votre enfant, il vous plaira de faire.

LE VIEIL ATHÉNIEN.

Magnifique Timon ! Engagez votre honneur,
Et ma fille est à lui.

TIMON.

Voilà ma main !

LUCILIUS (à Timon).

Seigneur !
Acceptez le tribut de ma reconnaissance,
Si du bonheur m'advient, je vous le dois d'avance.
                    (*Sort le vieil Athénien et Lucilius.*)

LE POËTE (*s'avançant vers Timon*).

Daignez, Seigneur Timon, agréer mon travail,
Et vous fassent les Dieux de beaux jours un long bail.

TIMON.

Merci ! Dans un moment aurez de mes nouvelles ;
Ne vous éloignez pas.
                    (*Au Peintre*).
            Vos œuvres, que sont-elles ?
Ami ! qu'avez-vous là ?

LE PEINTRE.

Rien, qu'un tableau, Seigneur !
De l'accepter daignez me conférer l'honneur.

TIMON.

Elle me plaît beaucoup, mais beaucoup la peinture,
Oui, c'est mieux qu'un portrait, j'aime cette figure

Chef-d'œuvre du pinceau, c'est beau, c'est grand, c'est vrai,
Ce n'est du déshonneur des sentiments le frai.
Votre ouvrage me plaît, la pensée en est neuve,
Et qu'il me plaît, bientôt vous en aurez la preuve,
Rentrez dans le palais, soit dit entre nous deux,
Vous serez satisfait.

LE PEINTRE.

Vous préservent les Dieux !

TIMON.

Messires à revoir !   Le destin nous rassemble,
Donnez-moi votre main, nous dînerons ensemble !
(*Au Joaillier*).
Votre bijou, messire, a souffert du rabais.

LE JOAILLIER.

Du rabais !...   Eh ! comment ?

TIMON.

Si je vous le payais
Ce que sans doute il vaut, tout le prix qu'on l'estime,
Je serais ruiné.

LE JOAILLIER.

Vous ne seriez victime ;
Oh ! non, digne Seigneur ; d'un bijou la valeur
Augmente dix fois plus, selon le possesseur ;
En vos mains, ce bijou deviendra la merveille
De l'univers entier, la perle sans pareille !

TIMON.

C'est un pur compliment.

LE MARCHAND (*s'approchant*).

Non, mon très cher Seigneur,
Du monde il est l'écho votre humble serviteur !

TIMON (*Appercevant Apémantus*).

Voici quelqu'un qui vient.

(*Au Marchand*).

Si vous aimez en somme,
Etre brusqué, traité beaucoup plus mal qu'un homme,
Vous avez votre affaire.

(*Entre Apémantus*).

LE JOAILLIER.

Eh ! mais ! le souffrirons,
Puisque vous le souffrez !

LE MARCHAND.

Il vit dans les bas fonds
D'un monde assez abject, et n'épargne personne.

TIMON.

Salut Apémantus dont la face rayonne
De gracieuseté.

APÉMANTUS.

Quand serai gracieux,
Te rendrai ton salut.   Lorsque ces vicieux
Qui sont tes chiens, Timon, seront des gens honnêtes
Et non pas, ce qu'ils sont, d'abominables bêtes !

TIMON.

Pourquoi donc les traiter tous ainsi de vauriéns ?
Tu ne les connais pas.

APÉMANTUS.

Ils sont Athéniens !
Et cela me suffit pour étayer mon dire.

LE JOAILLIER (*à Apémantus*).

Tu ne me connais pas.

APÉMANTUS.

Je te connais beau sire !
A preuve que je viens de décliner ton nom.

TIMON.

Ton péché, c'est l'orgueil.

APÉMANTUS.

De n'être pas Timon !

TIMON.

Où vas-tu de ce pas ?

APÉMANTUS.

Je vais, hors de chez elle
D'un bon Athénien chasser une cervelle.

TIMON.

Tu pourrais bien mourir pour acte si brutal.

APÉMANTUS.

Oui, si de par la loi, ne rien faire est un mal !

TIMON (*lui montrant le tableau*).

Comment Apémantus aimes-tu l'apparence
De ce tableau ?

APÉMANTUS.

Très bien !   Oui, pour son innocence.

TIMON.

Le peintre n'a-t-il pas fait un noble labeur ?

APÉMANTUS.

Celui qui fit le peintre en fit un bien meilleur,
Mais tout considéré, ce n'est qu'un sale ouvrage.

LE PEINTRE.

Chien ! ô cynique chien !

APÉMANTUS.

Pourquoi tout ce tapage ?
Pourquoi m'appeller chien, maudit Athénien ?

Si, moi je suis un chien, quelle est-elle ta mère ?
Elle est de ma lignée, oui, c'est élémentaire !

TIMON.

De dîner avec moi me feras-tu l'honneur
Apémantus ?   Dis-moi !

APÉMANTUS.

Jamais du grand Seigneur
Je ne mange, Timon.

TIMON.

Si pour ta nourriture,
Tu devais en manger, tu mettrais d'aventure
Le sexe contre toi.

APÉMANTUS.

Bah ! le sexe est malin,
Il mange des seigneurs le sexe libertin,
Et, c'est ce qui lui fait, dà pousser un gros ventre.

TIMON.

C'est très décolleté, c'est du très lascif, diantre !

APÉMANTUS.

Tu l'estimes ainsi, prends le pour ton labeur,
Timon !   C'est un avis que donne à l'écouteur !

TIMON (à Apémantus).

Aimes-tu ce bijou ?

APÉMANTUS.

Bien moins que la franchise
A l'homme qui ne coûte une obole, . . . et que prise.

TIMON.

Que penses-tu qu'il vaille ?

APÉMANTUS.

Oh ! certe il ne vaut pas,
Un seul de ces pensers que je couve tout bas.
Eh bien ! poète !   Eh bien !

LE POËTE.

Eh bien ! grand philosophe ?

APÉMANTUS.

Tu mens!

LE POËTE.

Mais n'est-tu donc pas fait de cette étoffe ?

APÉMANTUS.

Oui, certe.

LE POËTE.

Apémantus! adonc je ne mens pas.

APÉMANTUS.

Toi ! n'es-tu pas poète ?

LE POËTE.

Oui.

APÉMANTUS.

Si c'est là ton cas,
Par la gorge tu mens.   Dans ton dernier ouvrage,
Ne fais-tu de Timon, un digne personnage ?

LE POËTE.

Mais, c'est la vérité ; ma muse est dans le vrai !

APÉMANTUS.

Le précieux aveu que tu me fais . . . . je l'ai !
Il est digne de lui . . . .de payer tes mensonges,
De te créer aussi peut-être de doux songes
Toujours la flatterie est digne du flatteur,
Que ne suis-je à mon tour, moi-même un grand Seigneur !

TIMON.

Alors, que ferais-tu ?

APÉMANTUS.

J'aurais l'outrecuidance
De haïr ce Seigneur, j'en ai la conscience.

TIMON.

Eh quoi !   Toi-même ?

APÉMANTUS.

Oui.

TIMON.

Mais pour quelle raison ?

APÉMANTUS.

Qu'un Seigneur, à mes yeux, ne vaut rien, c'est poison !
(au Marchand).
N'es-tu pas un marchand ?

LE MARCHAND.

Oui dà ! de par le monde !

APÉMANTUS.

Le négoce est ton Dieu, que ton Dieu te confonde !

Bruit de trompettes.   Entre UN SERVITEUR.

TIMON.

Quelle est cette trompette, et que nous dit son bruit ?

LE SERVITEUR.

Que c'est Alcibiade.... et sa suite le suit ;
Vingt cavaliers au moins.

TIMON (à ses Serviteurs).

Vous !... Allez je vous prie,
Allez au devant d'eux.   Qu'on mette à l'écurie
Leurs chevaux tout de suite.

(*au Poète*).

Avec moi vous dînez !...

(*au Peintre*).

Non loin d'ici restez, point ne vous éclipsez.
Je veux revoir encor votre noble peinture.

(*aux Autres*).

Et vous tous, chers amis, restez nous d'aventure !

Entre ALCIBIADE *et son Cortège.*

TIMON (*à Alcibiade*).

Bien-venu, Monseigneur, soyez le bien-venu !   (*On se salue*).

APÉMANTUS.

Fort bien ! fort bien ! fort bien !   Tout cela c'est connu !
Que le terrible Dieu qui crie et n'y voit goutte
Sur ces maudits flatteurs laisse pleuvoir la goutte !
Si souple il est hélas ce troupeau de flatteurs,
Que sur lui doit tomber le fléau des malheurs !
La race humaine....Ah Dieux ! c'est un amas de singes,
Aux grimaces dressée, à crisper les méninges.

ALCIBIADE.

Seigneur ! Je languissais du désir de vous voir,
Et mon cœur, en extase, en savourait l'espoir.

TIMON.

Soyez le bien-venu, nous passerons à l'amble
Avant de nous quitter d'heureux moments ensemble.
Je vous prie, entrez donc.

(*Tous quittent la scène, hormis Apémantus.*)

Entrent DEUX SEIGNEURS.

PREMIER SEIGNEUR.

Quelle heure, Apémantus ?

D

APÉMANTUS.

Eh! l'heure d'être honnête.

PREMIER SEIGNEUR.

Oh! brisons la-dessus
On a toujours parbleu bien le temps d'être honnête.

APÉMANTUS.

Que ne prends-tu ce temps?

DEUXIÈME SEIGNEUR.

De Timon à la fête
Apémantus! vas-tu?

APÉMANTUS.

Certes, j'y vais pour voir
Les viandes de Timon passer dans l'entonnoir
De fripons éhontés, et pour voir les cervelles
D'idiots et de fous fomenter des querelles.

DEUXIÈME SEIGNEUR.

Apémantus adieu! par deux fois te le dis.

APÉMANTUS.

C'est une fois de trop, comprends-le bien mon fils!

DEUXIÈME SEIGNEUR.

Apémantus, pourquoi?

APÉMANTUS.

Parce que, mon beau sire,
A toi, de dire adieu, j'oublierai de le dire.

PREMIER SEIGNEUR.

Va-t-en, zut! aux enfers!

APÉMANTUS.

Non, je n'en ferai rien
L'ordre est pour ton ami.

DEUXIÈME SEIGNEUR.

Mauvais gredin de chien,
Loin d'ici, vilain gueux, à fuir je te condamne.

APÉMANTUS.

Comme chien, je fuis donc, le coup de pied de l'âne. (*Il sort.*)

PREMIER SEIGNEUR.

Cet homme est l'opposé de toute humanité.
De Timon goûtons-nous de l'hospitalité
Partageons-nous les fruits de sa riche opulence?

DEUXIÈME SEIGNEUR.

Nul n'est meilleur que lui .... Sa rare bienfaisance
Sur chacun se répand. Plutus, le Dieu de l'or
N'est que son intendant. Son cœur est un trésor
Pas une honnêteté qu'il ne paye au centuple,
Un cadeau qu'on lui fait, de suite il le quadruple.

PREMIER SEIGNEUR.

A mon avis tout franc, c'est un noble mortel.

DEUXIÈME SEIGNEUR.

Non, jamais sous le ciel on ne vit rien de tel.
Entrons-nous maintenant tous les deux dans la salle
A manger?

PREMIER SEIGNEUR.

Volontiers, je vous suis, et m'installe ! (*Ils sortent.*)

SCÈNE II.

Une Salle d'Apparat dans le Palais de Timon.   Musique de Haut-
      bois.   Les tables sont servies pour un Banquet.

Entrent FLAVIUS *et   Suivants, ensuite* TIMON, ALCIBIADE,
      LUCIUS, LUCULLUS, SEMPRONIUS, *et plusieurs Sénateurs
      Athéniens, avec* VENTIDIUS *et Suite.   Puis enfin après tout
      suit* APÉMANTUS *de mauvaise humeur.*

VENTIDIUS.

Très honoré Timon, ce fut l'ordre des Dieux
De rappeler mon père, il était déjà vieux,
Au bien aimé repos qui termine la vie.
Mon père m'a laissé riche, et plus rien je n'envie.
Donc je viens aujourd'hui d'un cœur reconnaissant
Vous rendre cinq talents dont me fîtes présent
D'importuns créanciers pour m'aider à parfaire
Le montant d'une dette et pour les satisfaire.
Je vous prie, agréez tous mes remerciments,
Et l'estime pour vous qu'en mon cœur je ressens.

TIMON.

Noble Ventidius, vous me faites injure,
En voulant rembourser un don qu' amitié pure
M'a fait vous octroyer.   Ce ne serait un don,
Si je le reprenais ce qui fut mon guerdon.
Si jouent là haut tel jeu, nos souverains suprêmes,
Nous de simples mortels, ne nous faisons aux-mêmes,
Ne les imitons pas.   On le sait Jupiter
Fait bien tout ce qu'il fait des parvis de l'éther.

VENTIDIUS.

Les nobles sentiments !...
        (*Tous se tiennent debout cérémonieusement devant Timon.*)

TIMON.

Moins de cérémonie,
Point de vains compliments, pour ma part, moi je nie
Qu'ils aient été jamais utiles au bonheur,
Ils sonts faits pour parer un faux accueil du cœur.
Daignez tous vous asseoir, vous êtes, sans lacune
Pour moi plus précieux que ne l'est ma fortune.

(*Tous prennent place.*)

PREMIER SEIGNEUR.

Noble Seigneur! Nous tous en sommes convaincus!

APÉMANTUS.

Convaincus! oh! vous tous, que n'êtes vous pendus!

TIMON.

Bien-venu sois, Apémantus!

APÉMANTUS.

Toi! Tu m'agaces,
Ne suis venu chez toi que pour que tu me chasses!

TIMON.

C'est une honte, fi!... Tu n'es qu'un animal,
Oui, tu n'as rien d'un homme, et tu n'es qu'un brutal!
On dit, mes chers Seigneurs, on dit que la colère
N'a que courte durée, et n'est dà qu'éphémère,
Mais cet homme, il n'est rien qu'un amas de fureurs;
Qu'on lui dresse une table—à lui seul—mais ailleurs!
" Il n'aime pas du tout," dit-il, " la compagnie,
Il n'est pas fait pour elle....au diable sa mégnie!"

APÉMANTUS.

Adonc à tes périls, Timon, je resterai
Je viens pour t'épier, Timon, et t'épierai!

TIMON.

De toi ne me soucie, à toi je ne prends garde,
Etant Athénien, je te reçois, te garde,

D'ailleurs je ne suis pas maître de ma maison
Aujourd'hui, tu le sais, entends donc la raison,
Que mon dîner au moins me vaille ton silence.

APÉMANTUS.

Ton dîner je m'en fiche, il n'a pas d'importance
Pour moi qui ne suis ni complaisant, ni flatteur.
O Dieux ! ô juste Dieux ! n'est-ce pas une horreur !
Que de voir rassemblé ce tas de parasites
Dévorant du Timon comme des sybarites ;
Tandis que le mangé ne s'en apperçoit pas,
Qu'il leur ouvre son cœur et sa bourse et ses bras !
Je souffre, moi, de voir cette incessante foule
Qui boit le sang d'un homme ; et qui plus est s'en soûle ;
Et l'homme un fou.... que dis-je, oh ! plus qu'un archi-fou,
A l'envi les caresse et se jette à leur cou.
Que les hommes entr'eux s'invitent.... çà m'étonne—
Ils devraient s'éviter, ne rechercher personne.
Quand ils s'invitent, ou s'inviter sans couteaux,
Leurs tables vaudraient mieux, et vaudraient mieux leurs peaux.
L'homme qui près de lui s'assied, mange sa soupe,
Qui lui fait des mamours et partage sa coupe,
Il sera le premier, si tel est son plaisir,
A l'envoyer presto goûter du grand dormir....
Si j'étais grand seigneur, n'irais au réfectoire,
Je craindrais de manger et je craindrais de boire ;
Sans avoir un gosier ceinturonné de fer
Il ne doit boire un grand.... c'est courir à l'enfer !

TIMON (*à un des Convives*).

Seigneur !   De tout mon cœur !   Et que fassent la ronde
Les santés tour à tour.

DEUXIÈME SEIGNEUR.

Buvons à tout le monde !
Très généreux Timon, buvons, buvons !

APÉMANTUS.

Fort bien !

Il sait prendre à propos son moment, nom d'un chien !
Ce convive épritu !... ces santés, sans lacune,
Malade te rendront Timon et ta fortune.

(*Buvant un verre d'eau.*)

Dans la simplicité d'une aimable candeur,
A moi voici venir un breuvage enchanteur
Qui n'a jamais conduit son homme dans la fange;
Cette liqueur limpide est la boisson d'un ange.
Oh ! l'orgueil il préside à tous les grands festins,
On ne se souvient onc des messagers divins.

Actions de Grâce d'Apémantus.

Dieux Immortels ! Je ne vous prie
Que pour moi seul. Vers vous ne crie
Pour de l'or vil. Que ne sois fou
Pour me fier à nul grigou,
Non pas plus qu'à fille de joie,
Non pas plus qu'à chien qui n'aboie,
Non plus que pour ma liberté
A gardien de l'autorité ;
Apémantus ! Allons, courage !
Point n'en demande davantage.
Le crime,—c'est la vérité,
Est au riche.... Il est patenté
Pour en devider les bobines....
Moi !...je ne vis que de racines !

(*Il mange et boit.*)

Que le contentement te paye toujours ta vertu, Apémantus !

TIMON.

Capitaine Alcibiade, votre cœur est maintenant sur le champ de
bataille.

ALCIBIADE.

Mon cœur, Seigneur, est toujours à votre service.

TIMON.

Vous eussiez préféré avoir comme déjeûner du matin devant
vous une troupe d'ennemis plutôt que d'assister à un dîner
d'amis.

ALCIBIADE.

Il est vrai, Seigneur, lorsque leur sang vient de couler fraîche-
ment, qu'il n'est pas de mets plus délicieux pour moi ; je
souhaiterais à mon meilleur ami de se trouver à pareille fête.

APÉMANTUS.

En ce cas je voudrais que tous ces ignobles flatteurs fussent tes
ennemis, afin que tu pusses les égorger, et m'inviter au festin.

PREMIER SEIGNEUR.

Nous serions au comble de nos vœux, Seigneur, si jamais nous
avions le bonheur que vous missiez nos cœurs à l'épreuve ; si
jamais vous nous fournissiez l'occasion de montrer le zèle qui
nous anime au vis-à-vis de vous.

TIMON.

Oh ! mes chers amis, ne doutez pas que les Dieux eux-mêmes
n'aient réservé dans l'avenir un jour où j'aurai besoin de votre
secours. Sans cela, pourquoi seriez-vous devenus mes amis ?
Pourquoi seriez-vous choisis entre mille autres, pour porter ce
titre sacré de tendresse, si vous n'étiez pas nés pour appartenir
de plus près à mon cœur ? Je me suis dit de vous à moi-même,
plus de choses que votre modestie n'en peut jamais avouer, et je
vous en fais ici, de mon plein gré la déclaration. O Dieux !
m'écriai-je en moi-même, qu'aurions-nous besoin d'amis, si
jamais nous ne devions avoir besoin d'eux ? Que seraient-ils de
plus qu'un délicieux instrument suspendu, ou enfermé dans son
étui, et qui plein de sons mélodieux reste muet ? Certes bien
souventefois, j'ai souhaité de devenir plus pauvre, afin de me
trouver davantage auprès de vous. Nous sommes nés pour
faire du bien, et quel bien est plus réellement à nous que les
richesses de nos amis ? Oh ! quel avantage précieux d'en
avoir autant que j'en rassemble ici sous mes yeux, tous frères et

tous rois de la fortune l'un de l'autre ! O volupté dont le cœur jouit en idée, avant même que ne soit née l'occasion du bienfait ! Mes yeux attendris ne peuvent retenir leurs larmes ! Allons ! pour noyer leur faute, je bois à votre santé !

APÉMANTUS.

Plus tu pleures, plus ton vin se boit, Timon !

DEUXIÈME SEIGNEUR.

Ce sentiment si doux a fait la même impression sur nos yeux, et nos larmes coulent comme celles d'un petit enfant.

APÉMANTUS.

Oh ! Eh ! je pense que ce petit enfant, n'est autre chose, qu'un bâtard.

TROISIÈME SEIGNEUR.

Je vous assure, Monseigneur, que vous m'avez beaucoup ému.

APÉMANTUS.

Oh ! oui, certes, beaucoup. *(Son de Trompette.)*

TIMON.

Qu' annonce cette trompette ? qu'y a-t-il ?

Entre UN SERVITEUR.

LE SERVITEUR.

Permettez, Seigneur, il y a là des dames qui demandent à entrer.

TIMON.

Des Dames ! que veulent-elles !

LE SERVITEUR.

Elles ont avec elles un messager, qui est chargé d'annoncer leurs intentions.

TIMON.

Je vous en prie, faites-les entrer.

E

Entre UN CUPIDON.

LE CUPIDON.

Salut à toi Timon ! digne et noble Seigneur !
A vous ! à vous aussi, suis leur ambassadeur,
A Messieurs les cinq sens ; tous ils sont unanimes
A te dire : "Toi seul, Sublime des Sublimes !
Tu sus apprécier et l'ouïe et le goût,
Le toucher, l'odorat, la vue et mieux que tout
Ce grand sens, le bon sens !... Nous sortons de ta table
Enivrés de plaisirs ; et chacun confortable
Vient d'un commun accord et d'un air gracieux,
Ici te saluer, et vient fêter tes yeux.

TIMON.

Ils sont tous les bien-venus. Qu'on leur fasse accueil. Allons !
que la musique célèbre leur entrée.   (*Le Cupidon sort.*)

PREMIER SEIGNEUR.

Vous voyez, Seigneur, à quel point vous êtes aimé.

Musique. Rentre le CUPIDON, *avec nombre de femmes masquées
vêtues en amazones, ayant luth en mains, dansant et jouant.*

APÉMANTUS.

Par la vanité mus, ciel ! quels essaims frivoles !
Tout en se trémoussant elles dansent les folles !
Ah ! la vie est folie !... Un luxe superflu
Onc pourra-t-il valoir un vrai bien absolu !
Que me faut-il à moi ? de l'huile et des racines,
Le tout assaisonné d'un peu d'eau cristalline.
Nous agissons en fous, pour avoir du plaisir,
Impudents nous flattons pour les boire à loisir
Ces hommes insensés auxquels dans leur vieillesse,
En haine, nous payons leur stupide largesse.
Qui vit ? Qui ne corrompe, ou ne soit corrompu ?
Qui meurt ? Et qui ne soit dégoûtamment repu

Des chagrins odieux de quelqu'ingratitude ?
Ceux qui dansent ici, j'en ai la certitude,
Cela s'est vu souvent, ils seraient les premiers
A me fouler aux pieds, sans remords, volontiers.
Les hommes sont hélas ! une vilaine souche
Ils ferment au soleil qui décline et se couche.

Les convives se lèvent de table en faisant des saluts jusqu'à terre
et des compliments hyperboliques à Timon, et pour prouver
leurs agréables dispositions, chacun d'eux prend une des
amazones, et ils dansent couple par couple au son des haut-
bois, après quoi cessent la danse et la musique.

TIMON.

Belles dames avez dans votre empressement
Offert à notre fête un stimulant charmant ;
Elle n'eut certe été, sans vous, aussi brillante,
Elle vous doit son prix, son allure galante,
Vous m'avez amusé, je dis à vous merci,
Et de vos bons vouloirs je vous rends grâce aussi !

PREMIÈRE DAME.

Seigneur ! Vous nous flattez, vous nous prenez au meilleur de
ce que nous valons.

APÉMANTUS.

En vérité ! car le meilleur est mauvais, et ne mériterait pas
d'être gardé, j'en suis sûr.

TIMON.

Mesdames, un banquet bien peu digne de vous, vous attend
dans la prochaine salle, daignez choisir vous-même ce qui vous
plaira.

TOUTES LES DAMES.

Mille remerciements, Seigneur !   (*Elles sortent avec Cupidon.*)

TIMON (*appelant*).

Flavius !

FLAVIUS.

Monseigneur !

TIMON.

Apporte-moi de suite
Mon écrin.

FLAVIUS.

Oui Seigneur ! Je vais et reviens vite ! (*à part.*)
Encore des bijoux !... Il n'est de temps d'arrêt !
Je devrais l'avertir, oui dans son intérêt !
Oh! c'est un bien grand mal, en bonne conscience
Que soit toujours aveugle ainsi la bienfaisance !
Un homme ne devrait par la bonté du cœur
Par excès de vertus tomber dans le malheur !

(*Il sort et revient avec l'écrin.*)

PREMIER SEIGNEUR.

Où se trouvent nos gens ?

UN SERVITEUR.

Tous, à votre service,
Seigneur !

DEUXIÈME SEIGNEUR.

Et mes chevaux ?

TIMON.

Le moment est propice
Pour que vous dise un mot. Recevez le guerdon
De ce bijou ; daignez en accepter le don,
Et portez-le pour moi.

PREMIER SEIGNEUR.

Je suis, je le confesse,
Déjà comblé par vous.

TOUS.

Nous recevons sans cesse !

(*Les Seigneurs sortent.*)

UN SERVITEUR.

Seigneur ! à votre porte il advient du Sénat
Des membres distingués en fort grand apparat.

TIMON.

Ils sont les bien-venus !

FLAVIUS.

Daignez, mon digne maître,
M'écouter, car cela touche à votre bien-être.

TIMON.

A mon bien-être !... Eh bien ! remettons à demain
Ce que tu veux me dire—et sus ! brisons soudain ;
Songe à tout préparer pour recevoir ces hôtes,
De les bien accueillir ne nous faisons pas fautes.

FLAVIUS (à part).

Comment le ferons-nous ? Je n'en sais le moyen. (Il sort.)

Entre UN SECOND SERVITEUR.

LE SECOND SERVITEUR.

Le noble Lucius. (Il agit toujours bien,)
De quatre chevaux blancs de lait—de crême pure,
Vous offre le présent, vous fait l'investiture,
Ces quatre chevaux blancs ont tous harnais d'argent.

TIMON.

Je les accepte.... mais.... mais soyez mon agent,
Que ces nobles présents aient retour convenable !

UN TROISIÈME SERVITEUR.

Le Seigneur Lucullus vous invite à chasser avec lui demain
matin, et il vous envoie une couple de levriers.

TIMON.

Je chasserai avec lui volontiers—qu'on reçoive son présent,
mais qu'on me venge noblement, et qu'une bonne récompense
soit donnée.

FLAVIUS (*à part*).

Quelle sera la fin de ce tout lamentable !
Il nous ordonne à nous de rendre des présents
Riches, à tout instant, et presque à tout venants,
Et ne veut pas sonder combien creuse est sa bourse,
Et ne veut pas savoir qu'il est lui, sans ressource ;
Que vide est sa cassette, et que tout son grand cœur
Est inepte à présent à créer du bonheur.
Ce qu'il prétend donner dépasse sa fortune,
Si, qu'il n'aura bientôt plus une chance aucune.
Chaque mot de sa bouche enfante un créancier,
Lui fait des intérêts qu'il ne saurait payer.
Sur des taux monstrueux, sur des taux usuraires,
Depuis un grand longtemps s'accroupissent ses terres !
Oh ! que je voudrais bien être hors de mon emploi,
Avant que force enfin ne m'en fasse la loi.
Mille fois plus heureux il est le gentilhomme
Qui pour ami n'a pas ce qui s'appelle un homme,
Plutôt qu'être entouré sous le titre d'amis,
De flatteurs éhontés, d'horribles ennemis.
Mon pauvre cœur il saigne, oh ! dois le reconnaître,
De douleur, en pensant à si bienveillant maître !   (*Il sort.*)

TIMON (au *Deuxième Seigneur*).

Vous ne vous rendez pas justice de moitié,
Vous vous rabaissez trop.   En signe d'amitié,
Laissez-moi vous offrir, c'est une bagatelle,
Cet anneau sans valeur, mais de forme nouvelle.

DEUXIÈME SEIGNEUR.

A vous très grand merci !

TROISIÈME SEIGNEUR.

De libéralité
C'est un type, Timon, ça c'est la vérité.

TIMON (*au Deuxième Seigneur*).

A propos, cher Seigneur, tenez je me rappelle
Que lorsque je montais mon cheval isabelle
L'autre jour, il vous plût,—ce cheval est à vous.

DEUXIÈME SEIGNEUR.

Seigneur! je ne saurais accepter, entre nous.

TIMON.

Acceptez, croyez-moi, daignez, daignez m'en croire,
De juger mes amis par moi je me fais gloire,
Louer est indiquer de l'homme le désir,
Acceptez, acceptez, vous me ferez plaisir.
(*aux autres Seigneurs.*)
A vous tous, mes amis, j'irai faire visite.

TOUS LES SEIGNEURS.

Vous serez accueilli selon votre mérite.

TIMON.

Je me sens chaque fois plus heureux de vous voir.
Tous mes remerciements veuillez les recevoir,
Je voudrais posséder les trésors de l'Epire
Pour les distribuer aux amis que j'admire,
Et de donner toujours point ne me lasserais.
Alcibiade veux soigner tes intérêts ;
Car nous le savons tous les soldats ne sont riches,
Leurs terres, s'ils en ont, restent parfois en friches,
Et le champ de bataille, ainsi que le butin
Forment en vérité le plus clair de leur gain.

ALCIBIADE.

Je n'ai besoin de rien.

PREMIER SEIGNEUR (*prenant congé de Timon*).

Nous sommes redevables
Mais très infiniment, à vos façons affables.

TIMON.

C'est moi qui vous doit tout.

DEUXIÈME SEIGNEUR.

A vous d'affection !

TIMON.

Vous êtes mes amis, votre dévotion
Me touche.... Des flambeaux !...

PREMIER SEIGNEUR.

Que la bonne fortune
Reste votre compagne, et sans lacune aucune.

TIMON.

A vous tous mes amis !   (*Sortent Alcibiade et les convives.*)

APÉMANTUS.

Oh ! quel tumulte ici,
Quel murmure confus !   Nul d'eux ne prend souci
De la raison, mais bien édite des sornettes,
Des propos saugrenus, grimaces et courbettes.
Je doute que ces cœurs si prompts à se lier
Vaillent le prix qu'on paie à se les rallier.
L'amitié de ces gens est une lie impure
En horreur au bon sens, ainsi qu'à la nature.
Il en est donc ainsi, d'honnêtes vaniteux
Prodiguent leur argent pour capter de tels gueux !

TIMON (*s'approchant d'Apémantus*).

Si tu n'étais aussi dépourvu de sagesse
Et si tu faisais trêve un jour à ta rudesse,
Je serais bon pour toi, méchant Apémantus !

APÉMANTUS.

Je ne veux rien de toi, laisse-moi mes vertus !
Si tu me corrompais, ne restant plus personne
Pour se moquer de toi, la chance serait bonne

Pour te voir retomber de Charybde en Scylla,
Mais pour toi, par bonheur Apémantus est là.
Tu donnes tant, Timon, que tes magnificences
Te meneront bientôt au pic des indigences ;
A quoi, bon ces festins, à quoi bon ces galas ?

TIMON.

Modère tes humeurs et rentre tes hélas !
Sur mes amis si tu veux lancer tes sarcasmes,
Tu n'auras rien de moi, de mes enthousiasmes.
Sur un ton moins bourru reviens chanter ton air,
Ou bien, ma foi, bonsoir !   (*Il sort.*)

APÉMANTUS.

Oh ! de par Jupiter !
Il est sourd celui-là qui ne veut pas entendre !
Tu ne m'entendras plus, je n'ai l'âme si tendre
Que je puisse me faire auprès de toi Timon,
Un flatteur !.. Oh ! jamais !.. Oh ! jamais !.. Non ! non ! non !
                                             (*Il sort.*)

FIN DU PREMIER ACTE.

F

ACTE II.

SCÈNE I.

Athènes.   Une Chambre dans la maison d'un Sénateur.

Entre UN SÉNATEUR, *avec des papiers à la main.*

LE SÉNATEUR.

A Varron il en doit cinq mille—puis encore
Neuf mille, tout autant au compère Isidore,
Ce qui joint à ce qu'il me doit, hélas ! à moi
Forme un vilain total.... vingt cinq mille, ma foi !
De toujours dépenser aura-t-il donc la rage ?
Cela ne peut durer ; ce serait faire outrage
Au plus simple bon sens.   Si d'argent j'ai besoin,
Je vole un chien galeux, à Timon, je prends soin
De le donner.... Ce chien, d'or il m'ouvre une mine ;
A vendre mon cheval, si je me détermine
Sus ! je l'offre à Timon sans lui rien demander,
Mon cheval me produit vingt chevaux, sans tarder.
Chez lui, point de portier, mais benin acolyte
Qui guigne le passant, au foyer qui l'invite ;
Oh ! cela ne saurait durer un plus longtemps,
Il doit se ruiner, il en est parbleu temps !
                    (*Il appelle.*)
Caphis ! holà Caphis !...

Entre CAPHIS.

CAPHIS.

          Monseigneur ! pour vous plaire,
A vos ordres je suis, dites ! que faut-il faire ?

Le Sénateur.

Immédiatement mettez votre manteau,
Vers le Seigneur Timon, et courez jouvenceau!
Réclamer, importun, le montant de ma dette,
Et d'un léger refus, n'écoutez la sornette;
Ne vous payez, non plus, de bien des compliments!
A votre honoré maître!... Entendez-vous, j'attends
De l'argent! De l'argent....je veux de la monnaie
Pour ces billets souscrits il faut que l'on me paie,
Je prétends me servir, il est temps, à mon tour,
De l'argent qui m'est dû depuis si grand long jour;
Sont passés tous les jours de délais et de grâce,
Et se perd mon crédit—patience se lasse.
J'aime beaucoup Timon, je l'honore de plus,
Mais j'ai besoin d'argent, je veux mes vieux écus;
Je ne puis me fier en rien à ses promesses,
Il les met à néant pas ses sottes largesses.
Partez, et prenez l'air d'un créancier sournois,
Qui dise, sans parler, payez-moi cette fois!
Car le Seigneur Timon noble phœnix qui brille
Au milieu de flatteurs, dont chacun d'eux l'étrille,
Pourra bien devenir, chassé de sa maison,
Et dépouillé de tout—ce qu'on nomme un oison!

Caphis.

J'y vais, j'y vais Seigneur!

Le Sénateur.

Et les billets! Les actes!...

Caphis.

Donnez-les moi.

Le Sénateur.

Tenez, retenez-en les dates!

Allez!   (*Ils sortent.*)

SCÈNE II.

Athènes. Une Salle dans la maison de Timon.

Entre FLAVIUS, *tenant nombre de billets dans ses mains.*

FLAVIUS.

De l'avenir nul soin, et pas de frein
Aux prodigalités—qu'importe le demain
Pour lui ! Tant et si bien, qu'il coure à la misère,,
Rien ne peut l'empêcher de tomber dans l'ornière.
Comment l'argent s'en va de ses mains, nul souci,
Combien ça pourra-t-il de temps durer ainsi ?
Par ma foi ! que lui fait ? ... Non, jamais la nature
Ne fit homme aussi fou—cela par bonté pure !
Que faire ? ... Il ne voudra certes rien écouter,
Que quand l'évènement s'en viendra le mater.
Il faut que je lui parle au retour de la chasse,
Il entendra raison,— ou sinon .... qu'il me chasse !

Entre CAPHIS *et les Serviteurs d'Isidore et de Varron.*

CAPHIS.

Salut Varron ! Eh bien ! venez-vous pour chercher
De l'argent ?

LE SERVITEUR DE VARRON.

Certe oui, si j'en peux dénicher.

CAPHIS.

Et vous donc Isidore ?

ISIDORE.

Oui, c'est de ma visite
Le motif obligé—je crois que c'est licite.

CAPHIS.

Mais serons-nous payés ?

VARRON.

C'est douteux, bien douteux !

CAPHIS.

Ah ! voici le Seigneur, et ses suivants nombreux.

Entrent TIMON, ALCIBIADE, *Seigneurs et autres.*

TIMON.

Aussitôt le dîner, mon cher Alcibiade,
Nous reprendrons gaiement, ami, la promenade.
          (*Aux Esclaves qui lui présentent leurs billets.*)
Eh ! bien ! que voulez-vous ?

CAPHIS.

                    Monseigneur, c'est la note
De dettes qui sur vous depuis un longtemps flotte.

TIMON.

De dettes !... Vous venez....

CAPHIS.

                    D'Athènes, Monseigneur !

TIMON.

Voyez mon intendant.

CAPHIS.

                    Votre intendant ! d'honneur
Il m'a remis de jour en jour, et de semaine
En semaine, aussi bien !... de quinzaine en quinzaine,
Et je n'ai vu jamais arriver le paiement,
Mon maître est aux abois, il faut absolument
Qu'il recouvre son dû ; cela n'est que justice,
Et ce moment, Seigneur, est le moment propice.

TIMON.

Mon ami revenez demain,... demain matin.

CAPHIS.

Mais, mon noble Seigneur!...

TIMON.

Allons, cessez soudain!

LE SERVITEUR DE VARRON.

De Varron, Monseigneur, en moi voyez l'esclave,
De la part de son maître il vient, la chose est grave,
Pour recevoir son dû.

LE SERVITEUR D'ISIDORE.

Moi, j'attends le paiement
De la dette à l'instant.

CAPHIS.

Seigneur, assurément
Si vous vous doutiez des besoins de mon maître....

LE SERVITEUR DE VARRON.

Le terme est plus qu' échu, vous le savez, peut-être?

LE SERVITEUR D'ISIDORE.

Seigneur! votre intendant me renvoie et toujours,
Je ne puis cependant revenir tous les jours,
Mes ordres sont formels, excusez, je vous prie,
Si je m'adresse à vous, sans plus de parlerie.

TIMON.

Laissez-moi respirer.
(*Aux Seigneurs de sa suite.*)
Ne soyez pas témoins.
De ces discords.... Allez! dans peu je vous rejoins.
(*à Flavius.*)
Approchez! dites-moi ce que cela veut dire,
Que je sois harassé, traqué jusqu'au délire,
De tous ces créanciers par l'ignoble clameur,
Pourquoi tous ces affronts portés à mon honneur!

FLAVIUS (*aux divers Serviteurs*).

Vous autres, un instant, rentrez dans le silence,
Jusques après dîner et prenez patience ;
Que je puisse expliquer à mon maître et Seigneur
Ce qui fait qu' envers vous il reste débiteur.

TIMON (*aux Serviteurs*).

Attendez, mes amis.
(*à Flavius*).
A dîner qu'on leur serve. (*Timon sort.*)

FLAVIUS (*s'efforçant de rejoindre Timon*).

Je dois, mon cher Seigneur, vous parler sans réserve....
(*Flavius sort.*)

Entre APÉMANTUS *et* UN FOU.

CAPHIS (*aux autres Serviteurs*).

Restez, restez ! voici le fou avec Apémantus, amusons-nous un
instant à leurs dépens.

LE SERVITEUR DE VARRON.

Qu'il aille au Ténare ! il va nous agonir.

LE SERVITEUR D'ISIDORE.

Que la peste étouffe ce chien !

LE SERVITEUR DE VARRON.

Comment te portes-tu, fou ?

APÉMANTUS.

Est-ce que tu tiens des conversations avec ton ombre ?

LE SERVITEUR DE VARRON.

Je ne te parle pas à toi.

APÉMANTUS.

Non, c'est à toi-même. Viens-nous en, fou !

LE SERVITEUR D'ISIDORE.

Le fou est déjà sur votre dos.

APÉMANTUS.

Non. Tu restes seul, toi. Tu n'es pas encore sur son dos.

CAPHIS.

Où donc est le fou, maintenant?

APÉMANTUS.

Il vient de le demander tout à l'heure. Pauvres misérables valets d'usuriers! Infâmes maquereaux entre l'or et le besoin.

TOUS.

Que sommes-nous, Apémantus?

APÉMANTUS.

Des ânes.

TOUS.

Pourquoi?

APÉMANTUS.

Parce vous me demandez ce que vous êtes, et que vous ne le savez pas vous-même. Parle leur, fou!

LE FOU.

Comment vous portez-vous, Messire?

TOUS.

Grand merci, bon fou; comment va votre maîtresse?

LE FOU.

Elle s'asseoit sur l'eau pour asperger des poulets tels que vous. Allez à Corinthe!

APÉMANTUS.

Bien dit, bien parlé!

Entre UN PAGE.

LE FOU.

Tenez ! voilà le page de ma maîtresse !

(LE PAGE (*au Fou*).

Eh bien ! Capitaine, que faites-vous dans cette sage compagnie ?
—Comment se porte Apémantus ?

APÉMANTUS.

Je voudrais avoir dans ma bouche un martinet, afin de te
répondre d'une manière utile et touchante.

LE PAGE.

Je te prie, Apémantus, lis-moi l'adresse de ces lettres, je n'y
puis rien concevoir, j'y perds mon latin.

APÉMANTUS.

Ne sais-tu pas lire ?

LE PAGE.

Non !

APÉMANTUS.

Donc nous ne perdrons pas un savant, quand tu seras pendu.
Cette lettre est pour le Seigneur Timon, celle-ci est pour
Alcibiade. Va ! tu naquis bâtard, tu mourras maquereau.

LE PAGE.

Ta mère fut une chienne, et tu mourras de faim comme un chien.
Point de réplique, je suis parti. (*Le Page sort.*)

APÉMANTUS.

C'est ce que tu peux faire de mieux. Fou ! j'irai avec toi chez
le Seigneur Timon.

LE FOU.

Me laissez-vous ici ?

APÉMANTUS.

Si Timon est chez lui. (*Aux esclaves.*) Vous êtes là trois, qui
ervez des usuriers.

TOUS.

Oui, nous préférerions être servis par eux.

APÉMANTUS.

Et moi aussi, je les servirais comme le bourreau sert le voleur !

LE FOU.

Etes-vous tous trois valets d'usuriers ?

TOUS.

Oui, fou !

LE FOU.

Je pense qu'il n'y a pas d'usuriers qui n'aient un fou pour serviteur ; ma maîtresse est une usurière, et moi je suis son fou. Quand des gens viennent emprunter de l'argent à vos maîtres, ils viennent les trouver tout penauds, tout tristes, et s'en retournent gais ! Mais chez ma maîtresse c'est tout le contraire, on est joyeux quand on entre, et l'on en sort tout triste. Dites-la moi, la raison de cela ?

LE SERVITEUR DE VARRON.

Je puis vous en donner une.

APÉMANTUS.

Parle donc afin que nous puissions te regarder comme un agent d'infâmie, et un fripon. Va, tu n'en seras pas moins estimé pour cela.

LE SERVITEUR DE VARRON.

Qu'est-ce qu'un agent d'infâmie, Fou ?

· LE FOU.

Un fou bien mis, quelque chose qui te ressemble. C'est un Protée,—quelque fois il apparaît sous les traits d'un Seigneur, quelquefois sous les traits d'un légiste, où d'un philosophe avec deux pierres, et l'addition de cette chimère la pierre philosophale ; quelquefois sous les traits d'un chevalier ; enfin cet esprit rôde sous tous les aspects que puisse prendre l'humanité depuis quatre vingts ans jusqu'à trente.

LE SERVITEUR DE VARRON.

Tu n'es pas tout à fait fou.

LE FOU.

Et toi, pas tout à fait sage ; ce que j'ai de plus en folie, toi tu
l'as de moins en esprit.

APÉMANTUS.

Cette réponse eut été bien dans la bouche d'Apémantus.

TOUS LES SERVITEURS.

Place !   Place ! voici le Seigneur Timon.

Entrent TIMON *et* FLAVIUS.

APÉMANTUS.

Fou ! viens avec moi, viens !

LE FOU.

Je n'aime pas toujours à suivre un amant, un frère ainé, ou une
femme ; et quelquefois même un philosophe.

(*Sortent Apémantus et le Fou.*)

FLAVIUS (*aux Esclaves*).

Allez-vous en là bas, voir un peu si j'y suis
Vous autres,—laissez moi débrouiller mes ennuis,
Je vous rappellerai.   (*Les Esclaves sortent.*)

TIMON.

Bien grande est ma surprise,
Oui, vous m'étonnez fort.—Pourquoi de cette crise
Ne m'avez-vous rien dit, j'aurais pu maîtriser
Mes dépenses à temps, aux moyens aviser.

FLAVIUS.

Mais, vous n'avez jamais, Seigneur, voulu m'entendre.

TIMON.

Défaite ! que ne puis admettre, ni comprendre.

Vous aurez profité du temps où ma santé
Nétait en bon état ; c'est monstruosité !

FLAVIUS.

Je vous ai présenté mille fois, mon cher maître,
Mes comptes, sans pouvoir, devez le reconnaître,
Vous les faire apurer. " En ton honnêteté ! "
Vouliez-vous bien me dire, " est ma sécurité ! "
Quand pour cadeau léger, présent des plus minimes,
Vous me disiez : donnez des choses bellissimes,
Je secouais la tête, en pleurant à part moi
Dans vos biens de vous voir jeter le désarroi.
Vous manquai de respect, j'en ai la conscience,
En voulant retenir votre magnificence.
Combien de fois, hélas ! vous m'avez dûrement
Rebuté, quand voulais sur le délabrement
De vos biens vous munir .... quand voulais de vos dettes
Vous nombrer le montant excédant vos recettes !
Oh ! cher maître ! il est bon ce jour de m'écouter,
Encor quil soit trop tard pour pouvoir s'arrêter !
Croyez-moi le total de toutes vos richesses
Ne saurait les payer vos nombreuses détresses !

TIMON.

Qu'on vende tous mes biens !

FLAVIUS.

                    Ils sont hypothéqués,
Beaucoup d'eux sont perdus, perdus ou confisqués,
Comment pouvoir payer toutes les échéances,
Et parer aux besoins de toutes ces créances ?
De désastres est gros, hélas ! notre avenir,
Qui donnera l'argent qu'il nous faudrait fournir ?

TIMON.

Ils s'étendaient mes biens jusqu'à Lacédémone !

FLAVIUS.

Le monde n'est qu'un mot ; c'est à tort qu'on le prône !
Il vous serait donné, que dans moins d'un clin d'œil,
Vous le reperdriez pour faire un bon accueil !

TIMON.

Tu dis la vérité !

FLAVIUS.

                    Si vous avez un doute
Sur ma fidélité, maître, ne le redoute,
Faites-moi rendre un compte, et des plus rigoureux.
Lorsque votre palais, j'en atteste les Dieux !
Etait des dévorants envahi par la foule,
Que le vin à longs flots, comme des mers la houle
S'épandait sans vergogne, au milieu des clameurs
De longs festins sans fin, et des cris des buveurs,
Moi, je me retirais dans mon réduit modeste,
Pour déplorer l'orgie à l'égal de la peste !

TIMON.

Cesse, je t'en conjure . . . .

FLAVIUS.

                    Oh ! me disais-je, ô Dieux
Que de biens engloutis cette nuit par des gueux ?
Par d'indignes flatteurs dont la rare impudence
Pour exalter Timon use son éloquence.
Qui d'entr'eux n'offre pas à Timon le Royal,
Sa vie et son épée, aussi son cœur loyal ?
Hélas ! quand la fortune a suspendu les fêtes,
Les voix qui le leuraient naguères, sont muettes,
Un nuage d'hiver assombrit l'horizon,
Les insectes ont fui — déserté la maison.

TIMON.

Assez ! Assez ! Assez ! et trêve aux remontrances,
Ne sont pas à veau-l'eau toutes nos espérances.

Nul bienfait honteux n'a deshonoré mon cœur,
Nul de mes dons ne peut apporter la rougeur
Sur mon front : j'ai donné, j'y consens, sans prudence,
Mais non avec bassesse, avec impertinence !
Dis-moi ? pourquoi ces pleurs ?   Par hasard, croirais-tu,
Que je manque d'amis ?   Ne suis si dévêtu !
Calme donc ton émoi, que ton cœur se rassure,
Si mon vouloir était de faire investiture
De tous ces réservoirs où versai mes bienfaits,
Fortune, hommes et cœurs, d'eux tous disposerais,
Aussi facilement qu'en ce moment je cause
Avec toi.

FLAVIUS.

Mon bon Maître ! ainsi soit-il !   Je n'ose
Croire à de tels succès.

TIMON.

Et ce même besoin
Où me trouve aujourd'hui,—vous en serez témoin,
Vous prouvera que je ne suis pas terre en friche,
Et que, par mes amis, encore je suis riche.
Holà ! quelqu'un ! venez !... venez Flaminius,
Et vous aussi là-bas, venez Servilius !

Entrent FLAMINIUS, SERVILIUS, *et autres Serviteurs.*

SERVILIUS.

Seigneur ! que voulez-vous ?

TIMON.

Ah ! j'ai différents ordres
A vous distribuer.—Evitons les désordres !...
Allez chez Lucius !—Et vous, chez Lucullus !
Avec lui j'ai chassé.—Vous chez Sempronius,
Mes compliments à tous ! et dites-leur, en somme,
Que moi, j'ai besoin d'eux tous pour quelque somme,
Pour cinquante talens—je suis charmé d'avoir.
Occasion d'user de leur si bon vouloir !

FLAMINIUS.

Vos ordres, à l'instant, Seigneur, n'ayez doutance,
Seront exécutés.

FLAVIUS (*à part*).

Je n'ai de confiance,
Au Seigneur Lucius, non plus qu'à Lucullus !

TIMON (*à Flavius*).

Et vous, mon bon, venez mon brave Flavius,
Allez-vous en, mon cher !   Allez vous en, d'urgençe,
Trouver ces Sénateurs, dans ma magnificence,
J'avais des droits sur eux ; priez ces opulents
De me prêter sur l'heure, au moins mille talens.

FLAVIUS.

J'ai pris la liberté—cher Seigneur, je l'avoue,
D'offrir en votre nom, votre seing—Par leur moue,
En un instant j'ai vu que m'étais égaré ...:.

TIMON.

Mon cher !   Dites-vous vrai ?

FLAVIUS.

                    C'est un fait avéré !
Tous ils ont répondu d'une voix unanime,
Qu'ils n'avaient point de fonds—chacun d'eux est victime
De très mauvais payeurs ; tous ils sont bien fâchés
De vos ennuis,—mais las ! tous ils sont empêchés
De faire quelque chose .... Et c'est abominable !
Vous êtes à leurs yeux homme si respectable !
L'homme le plus honnête, oh Dieux, fait un faux pas !
Et peut-être avez-vous fait ce faux pas, hélas !...
Et tous ainsi distraits, tous occupés d'affaires,
M'ont envoyé chercher aux mondes sublunaires
Un remède à mes maux, et je suis revenu
Comme j'étais parti, n'ayant rien obtenu.

TIMON.

Dieux ! récompensez-les.

(*à Flavius*).

Ami, reprends courage !
Ne t'afflige pas trop.   Ce sont tous des gens d'âge,
Les vieillards sont ingrats ; ils ont le sang glacé,
Et leur jeune chaleur s'éteint dans l' *in pace.*
A mesure que l'homme à grands pas vers la tombe
S'avance en rechignant, son activité tombe !

(*à un des Serviteurs*).

Va chez Ventidius.

(*à Flavius*).

Toi, calme ton chagrin,
Je te tiens pour loyal, pour honnête homme enfin,
Crois-le.

(*au Serviteur*).

Ventidius, vient de perdre son père,
Cette mort, en ses mains, met fortune princière ;
Alors qu'il était pauvre et dépourvu d'amis,
Qu'il était en prison, sous le poids des soucis,
De cinq talens l'aidai.   Dis-lui qu'il me les rende,
Dis-lui, de son ami le besoin le commande.
Ces cinq talens touchés, sitôt à Flavius
Immédiatement remets-les.

(*à Flavius*).

Et toi, sus !

Donne-les à ces gens dont l'aspect m'importune ;
Et ne va pas penser que jamais la fortune
Puisse quitter Timon, quand il a tant d'amis !

FLAVIUS.

A ces beaux sentiments aussi moi je m'unis !
Mais hélas ! la bonté par trop de confiance
Dans les autres.... parfois devient de la démence

FIN DU DEUXIÈME ACTE.

H

ACTE III.

SCÈNE I.

Athènes. Une chambre dans la maison de Lucullus.

FLAMINIUS *attendant.* *Entre un Serviteur de Lucullus.*

LE SERVITEUR.

Je vous ai annoncé à Monseigneur, il descend pour vous parler.

FLAMINIUS.

Ami, je vous remercie.

Entre LUCULLUS.

LE SERVITEUR.

·Voici Monseigneur.

LUCULLUS (*à part*).

Un des serviteurs du Seigneur Timon. Quelque présent, je gage. Oh! j'ai deviné juste; j'ai rêvé cette nuit de bassin et d'aiguière d'argent. (*haut.*) Ah! Flaminius, honnête Flaminius, je suis très satisfait de vous voir chez moi. Holà! qu'on lui verse une coupe de vin. (*Le Serviteur sort.*) Eh bien! comment se porte le plus honorable, le plus accompli des citoyens d'Athènes? ton généreux seigneur et maître?

FLAMINIUS.

La santé est fort bonne, Seigneur. "

LUCULLUS.

Je suis charmé de le savoir en bonne santé. Mais dis-moi, mon bon Flaminius, que portes-tu sous ton manteau?

FLAMINIUS.

D'honneur, rien autre chose qu'une cassette vide; et je viens
au nom de mon maître prier votre Grandeur de la remplir. Il
a un besoin urgent de cinquante talens, et il m'envoie vous
les emprunter, ne doutant pas que vous ne veniez immédiatement à sa rescousse.

LUCULLUS.

La! la! la! Il ne doute pas, dit-il, le brave Seigneur! C'est
un honnête homme, c'est fâcheux qu'il tienne un si grand état
de maison. Cent fois j'ai dîné chez lui, et je lui ai dit ma
pensée. Je suis même retourné souper chez lui pour l'avertir
de diminuer ses dépenses, mais il n'a jamais voulu entendre à
rien, et mes conseils n'ont pu parvenir à le corriger. Chaque
homme a son défaut, il pèche lui par trop de bonté. Je le lui
ai dit mille fois, mais sans produire jamais le moindre effet.

Rentre LE DOMESTIQUE *avec du vin.*

LE SERVITEUR.

Seigneur, voilà du vin.

LUCULLUS.

Flaminius, je t'ai toujours tenu pour un homme sage; tiens!
voilà pour toi!

FLAMINIUS.

Votre Seigneurie veut plaisanter, sans doute.

LUCULLUS.

Non, je te rends justice. J'ai toujours observé en toi un esprit
juste et actif; tu sais juger ce qui est raisonnable, et s'il se
présente une occasion, tu sais la saisir et en tirer parti. Tu as
d'excellentes qualités. (*A son serviteur.*) "Allez vous! Laissez-
nous "—Toi approche, honnête Flaminius. Ton maître est un seigneur plein de bonté; mais toi tu es sage, et quoique tu sois venu
me trouver, tu conçois de reste, que ce n'est pas le temps de prêter
de l'argent, surtout sur la simple parole de l'amitié, et sans

sécurité aucune. Tiens, mon garçon, voilà trois pièces pour toi, ferme les yeux sur moi, et dis que tu ne m'a pas vu. Adieu! Adieu!

FLAMINIUS.

Est-il possible, ô Dieux! cela n'a rien d'humain,
D'être si différent du jour au lendemain,
Loin de moi, vil métal vers celui qui t'adore,
Va-t-en rouler, ne veux d'un contact que j'abhore!

(*Il jette au loin les pièces de monnaie.*)

LUCULLUS.

Ah! je vois à présent que toi tu n'es qu'un sot,
Digne de qui tu sers, passé maître idiot!   (*Il sort.*)

FLAMINIUS.

Oh! puisse cet argent, propagateur des vices,
Jusqu'au fond des enfers décupler tes supplices,
Toi! loin d'être un ami, peste de ton ami,
Toi! pire, oh! mille fois qu'un perfide ennemi.
L'amitié donc a-t-elle un cœur si malléable,
Que dans moins de deux nuits il soit méconnaissable!
Ce lâche, cet ingrat, cet éhonté coquin,
Cuve en son estomac les restes du festin
Qu'il engloutit hier de mon maître à la table,
Que ce repas jamais ne lui soit profitable,
Puisqu'en poison subtil il s'est changé son cœur!
Puissent les aliments dont il se fit voleur
Engendrer dans ses flancs dans peu la pulmonie,
Et faire de sa vie une longue agonie.   (*Il sort.*)

SCENE II.

Athènes. Une place publique.

Entre LUCIUS *et* TROIS ETRANGERS.

LUCIUS.

Qui? Le Seigneur Timon? C'est mon meilleur ami, et le meilleur, le plus estimable des hommes.

PREMIER ETRANGER.

Nous le tenons pour tel, encore que nous ne le connaissions pas. Mais je puis vous dire une chose, Seigneur, c'est que par suite de certains propos entendus par moi, les heures heureuses de Timon sont passées ; sa fortune tombe en ruines.

LUCIUS.

Allons donc ! Ne croyez pas cela ; il n'est pas possible que Timon manque d'argent.

DEUXIÈME ETRANGER.

Mais un fait que vous pouvez croire, Seigneur, c'est qu'il n'y a pas bien longtemps qu'un de ses gens est venu chez le Seigneur Lucullus pour lui emprunter un certain nombre de talens, qu'il a beaucoup insisté pour obtenir ce prêt, disant que son maître en avait un besoin urgent, et qu'il a été refusé.

LUCIUS.

Comment?

DEUXIÈME ETRANGER.

Je vous dis, Seigneur, qu'il a essuyé un refus.

LUCIUS.

Quelle étrange nouvelle que celle là? Par tous les Dieux ! J'en rougis de honte. Refuser un homme aussi honorable? Il faut avoir bien peu d'honneur ! Quant à moi, je dois en convenir, j'ai reçu de sa bonté mille marques d'attention, de l'argent, de

la vaisselle, des bijoux et semblables brinborions, qui ne sont
rien en comparaison des présents reçus par Lucullus ; mais, si
au lieu de s'adresser à lui, il se fut adressé à moi, je ne lui eusse
jamais refusé la somme dont il avait besoin.

Entre SERVILIUS.

SERVILIUS.

Heureusement, voilà le Seigneur Lucius, j'ai tant couru pour
trouver votre honneur.... mon très honoré Seigneur !

LUCIUS.

Servilius ! bon jour !   Charmé de la rencontre ; salue de ma
part ton honorable et vertueux Seigneur, mon excellent ami.

SERVILIUS.

Sauf votre bon plaisir, Monseigneur vous envoie....

LUCIUS.

Ah ! qu'est-ce donc qu'il m'envoie ? Je lui ai tant d'obligations.
Il envoie continuellement toutes sortes de choses.   Comment
pourrai-je le remercier assez, penses-tu ?   Et que m'envoie-t-il
présentement ?

SERVILIUS.

Pour le quart d'heure il vous envoie seulement dire qu'il vous
prie de lui avancer pour son usage immédiatement un nombre
spécifié de talens.

LUCIUS.

Je vois que sa Seigneurie veut plaisanter avec moi.   Il n'est
pas possible que Timon ait besoin de cinquante, pas plus que
de cinq cents talens.

SERVILIUS.

Il a besoin d'une somme plus petite, Monseigneur.   Si le cas
était moins urgent, je n'insisterais pas autant.

LUCIUS.

Servilius ! Parles-tu sérieusement ?

SERVILIUS.

Sur mon âme, rien n'est plus vrai, Seigneur !

LUCIUS.

Quel méchant animal étais-je donc, pour me dégarnir juste à
l'heureux moment où j'eusse pu me montrer honorable. Que
c'est malheureux qu'il me soit arrivé d'acheter le jour d'hier
pour un avantage précaire, un lopin de terre, et de me dépouiller
ainsi du moyen de gagner beaucoup d'honneur. Servilius ! Là !
vrai ! la main sur la conscience, devant les Dieux, je suis dans
l'impossibilité de rien faire ; je suis en cela un butor. J'allais
envoyer moi-même au Seigneur Timon pour semblable chose,
ainsi que ces honnêtes gens peuvent l'attester ! Maintenant je
ne voudrais pas l'avoir fait pour tout l'or d'Athènes. Présente
mes compliments les plus affectueux à sa Seigneurie ; je pense
que ton Seigneur ne m'en voudra pas, parce que je n'ai pas eu le
pouvoir de l'obliger ; dis-lui cela de ma part, que je regarde
comme une de mes plus grandes afflictions, de n'avoir pu être
bon à quelque chose à un homme aussi honorable. Brave Servilius, veux-tu bien être assez bon pour lui répéter mes propres
paroles ?

SERVILIUS.

Oui, Seigneur, je le ferai.

LUCIUS.

Va, je saurai t'en récompenser. *(Servilius sort.)*
　　　　　(Aux Etrangers.)
Oui, vous aviez raison, c'est vrai ! Timon n'est plus !
C'est être ruiné qu'éprouver des refus. *(Il sort.)*

PREMIER ETRANGER.

Avez-vous remarqué cette conduite étrange,
Dites, Hostilius ?

DEUXIÈME ÉTRANGER.

Oui, la fortune change
Le cœur de bien des gens.

PREMIER ÉTRANGER.

Mon Dieu ! Les vils flatteurs
Sont tous de vilains gueux et d'impudents blagueurs !
Qui peut nommer ami qui s'asseoit à sa table,
Témoin de l'impudeur d'un pareil misérable ?
Timon pour ce Seigneur fut un père.... un trésor,
Il soutint son crédit, lui prodigua son or,
De ses valets nombreux il a soldé les gages,
Et pour être payé de si sanglants outrages !
Quel hideux monstre est l'homme alors qu'il est ingrat !
Non, sur terre il n'est pas plus profond scélérat.
Ayant autant reçu de Timon les largesses,
Il eut dû l'accueillir au temps de ses détresses !
Un homme charitable en tel cas donnerait
A pauvres inconnus dà ! tout ce qu'il aurait !

TROISIÈME ÉTRANGER.

En gémissent l'honneur, le cœur, la conscience !

PREMIER ÉTRANGER.

Pour moi, je n'ai jamais, ayez en l'assurance,
Des bienfaits de Timon goûté la moindre part,
Ne suis de ses amis, m'étant mis à l'écart,
Cependant je l'avoue, ai pour lui tant d'estime,
Pour ses nobles vertus, pour sa bonté sublime,
Que si dans son besoin, et dans son désarroi
Il eut cru bon pour lui de s'adresser à moi,
J'eusse fait de mon bien, fut-ce à la dernière heure,
Deux parts, et certe oui, des deux parts la meilleure
Elle eut été pour lui, tant j'admire son cœur !
Les hommes ne sauront, non, jamais, la valeur
De ce que dans son for on nomme conscience,
Oh ! j'en suis affligé, vraiment, lorsque j'y pense ! (*Ils sortent.*)

I

SCÈNE III.

Athènes.   Une Chambre dans la Maison de Sempronius.

Entrent SEMPRONIUS *et* SERVILIUS.

SEMPRONIUS.

Eh ! pourquoi plus qu' autrui vouloir m'importuner ?
Lucius, Lucullus pouvaient bien lui donner . . . .
Et ce Ventidius . . . . maintenant, lui ! si riche ! . . .
Qu'il tira de prison . . . . ne peut pas être chiche !
Et le laisser languir . . . Ces trois nobles Seigneurs
Sont, et depuis longtemps de Timon débiteurs !

SERVILIUS.

Hélas, mon cher Seigneur !   Tous les trois, je l'avoue,
Ils ont été sondés ; ce sont âmes de boue,
Tous trois ont refusé.

SEMPRONIUS.

Comment et Lucius,
Aussi bien Lucullus, même Ventidius,
Tous les trois d'un refus ont payé sa requête,
Et c'est à moi qu'il vient ?   Mais on n'est pas plus bête !
Suis-je son pis aller ? . . . . Comme des médecins
Ses amis consultés, lui fout vilains destins,
Et le condamnent tous, moi seul de cette cure
Je devrais me charger ?   Je ressens comme injure
Et suis très indigné d'un pareil procédé,
Il méconnait mon rang, c'est un point décidé.
Il eut dû le premier, acte de confiance,
S'adresser tout d'abord à moi, dans cette instance ;
Car enfin, je l'avoue, et dois en convenir,
J'ai reçu ses présents—et dans son souvenir
En dernier lieu je viens—c'est une impertinence,
Que je dois regarder, ainsi qu'une insolence,

Si cédais à ses vœux,—parmi les Grands Seigneurs
Sur moi, j'attirerais et rires et clameurs,
En un semblable cas, si lui rendais service.
Mon refus n'est dicté par l'ignoble avarice,
Mais va dire à Timon : " Quiconque à mon honneur
Fait offense, n'aura mon argent....serviteur ! " (*Il sort.*)

SERVILIUS.

A merveille ! Votre Seigneurie cache un maître fripon. Satan
ne sut pas ce qu'il fit, quand il fit l'homme politique. Je pense
qu'à la fin les bassesses de l'homme auront leur récompense.
De quels noms de vertus, il pare sa perversité cet homme !
Comme ceux qui sous le prétexte d'un patriotisme ardent met-
tent tout un royaume en feu.

De ce perfide ami tel est le caractère !
C'était pourtant sur lui dans sa noble misère
Que mon maître comptait, qu'il fondait son espoir.
Tous ses amis sont morts. Dans son beau désespoir,
Il lui reste les Dieux. Maintenant de mon maître
Les portes qui s'ouvraient pour donner le bien-être
A chacun et à tous, dans sa prospérité,
Il faudra les fermer pour sa sécurité.
Le voilà donc mûri le fruit de ses largesses,
De ses flatteurs où sont les pompeuses promesses ?
Celui qui ne sait pas par acte de raison
Le garder son argent, doit garder sa maison. (*Il sort.*)

SCÈNE IV.

Athènes.   Une Salle de la maison de Timon.

Entrent DEUX SERVITEURS DE VARRON, LE SERVITEUR DE LUCIUS, *rencontrant* TITUS, HORTENSIUS, *et autres Serviteurs des Créanciers de Timon, attendant la venue du Maître.*

LE SERVITEUR DE VARRON.

Salut Hortensius !   Titus ! je vous salue !

TITUS.

Salut Varron !   Salut !   Vous tombez de la nue !

HORTENSIUS.

Lucius ! quel objet vous amène en ces lieux !

LE SERVITEUR DE LUCIUS.

Le même, je le crois, qui nous conduit tous deux.

TITUS.

Et les autres aussi.

(*Entre* PHILOTUS.)

LE SERVITEUR DE LUCIUS.

Le dis, par parenthèse,

Et Philotus aussi.

PHILOTUS.

Certes, ne vous déplaise !

LE SERVITEUR DE LUCIUS.

Quelle heure pensez-vous qu'il soit en ce moment?

PHILOTUS.

Le temps marche à grands pas vers neuf heures !

LE SERVITEUR DE LUCIUS.

Autant!

PHILOTUS.

Le Seigneur de céans, et n'est pas cependant
Visible.... encor ?   Comment ?

LE SERVITEUR DE LUCIUS.

Il n'est visible encore !

PHILOTUS.

C'est drôle, il se levait jadis avec l'aurore,
Et vous éblouissait ainsi qu'un chaud soleil !

LE SERVITEUR DE LUCIUS.

Le flambeau de ses jours n'est plus aussi vermeil,
L'homme prodigue a de beaux moments dans sa course,
Mais qui passent lorsque l'hyver vient dans sa bourse,
Je crains que chez Timon ne règne en plein l'hiver.

PHILOTUS.

Comme vous, je le crains.

TITUS (à *Hortensius*).

Je veux par Jupiter !
Vous faire, s'il vous plaît, remarque assez étrange,
Vous venez pour toucher une lettre de change
Qu'a votre maître en mains.

HORTENSIUS.

C'est un fait entre nous !

TITUS.

Et votre maître porte aujourd'hui les bijoux
Que lui donna Timon.   C'est pour même créance,
Que je viens demander de l'argent.... et d'urgence !

HORTENSIUS.

Ah ! si je suis ici, c'est bien à contre cœur !

TITUS.

Timon doit donc payer plus qu'il n'est débiteur !
En demandant le prix des beaux bijoux qu'il porte,
Votre maître odieux n'y va pas de main morte !

HORTENSIUS.

Les Dieux me sont témoins dà qu'il me fait horreur !
Un ingrat à mon sens vaut bien moins qu'un voleur.
Mon maître eut grande part de Timon aux largesses,
Sa conduite est pour moi le comble des bassesses.

LE SERVITEUR DE VARRON.

Le billet que je porte est de trois mille écus,
Le vôtre ? de combien ?

LE SERVITEUR DE LUCIUS.

Mais de cinq mille et plus !

LE SERVITEUR DE VARRON.

C'est une somme énorme . . . . en bonne conscience
Timon en votre maître avait plus confiance
Qu'il n'avait dans le mien ; les sommes autrement
Auraient égalité—ça se conçoit vraiment.

(*Entre* FLAMINIUS).

TITUS.

Voilà un des serviteurs du Seigneur Timon.

LE SERVITEUR DE LUCIUS.

Flaminius ! . . . Un mot ! Dites-moi ? Le Seigneur Timon va-
t-il bientôt descendre ?

FLAMINIUS.

Non, pas encore !

TITUS.

Nous attendons sa Seigneurie, veuillez l'en prévenir.

FLAMINIUS.

Il n'en n'est pas besoin, le maître n'ignore pas que vous êtes trop ponctuels.   (*Flaminius sort.*)

Entre FLAVIUS *entouré d'un manteau.*

LE SERVITEUR DE LUCIUS.

Eh ! n'est-ce pas l'intendant que nous voyons ainsi affublé. Il s'enfuit enveloppé de son manteau comme d'un nuage, appellez-le, appellez-le.

TITUS.

Flavius !   Flavius !   Entendez-vous ?

LE SERVITEUR DE VARRON.

Avec votre permission . . . .

FLAVIUS.

Que voulez-vous de moi, mon ami ?

TITUS.

Nous attendons pour le paiement de certaines sommes . . , .

FLAVIUS.

Si le paiement était une chose aussi sûre
Qu'on vous voit l'attendant, on pourrait d'aventure
Compter dessus.   Mais point aujourd'hui n'est le cas.
Que ne présentiez-vous, pour sortir d'embarras
Vos billets si nombreux, quand vos perfides maîtres
A la table du mien se goinfraient les vils traîtres ?
Escomptant son argent, buvant les intérêts,
A manger comme à boire, en un mot toujours prêts.
Vous voudriez en vain me barrer le passage,
Cela ne sert à rien, n'en n'aurez davantage ;
Mon maître ne peut pas dépenser de l'argent,
Plus, que n'en puis payer, moi qui fus son agent.

LE SERVITEUR DE LUCIUS.

Mais, cette réponse ne saurait-être acceptée.

FLAVIUS.

Acceptée, ou non, il n'en est pas moins vrai que vous êtes les
vils esclaves de maîtres fripons.

LE PREMIER SERVITEUR DE VARRON.

Que murmure donc là ce caissier cassé aux gages ?

LE SECOND SERVITEUR DE VARRON.

Eh ! que nous importe ? Le voilà pauvre, et nous sommes assez
vengés. Qui a plus le droit de gromeler, et de parler librement
que celui qui n'a pas de toit où reposer sa tête. Il lui est bien
permis de railler les édifices superbes !

(Entre SERVILIUS.*)*

TITUS.

Voilà Servilius ! par lui je vous annonce,
Que nous aurons enfin bientôt une réponse.

SERVILIUS.

Revenez, mes amis, dans un autre moment,
Sur mon âme, mon Maître, est dans l'abattement
D'un cruel désespoir, sa santé se démembre,
Il se voit obligé, las ! de garder la chambre.

LE SERVITEUR DE LUCIUS.

Souvent garder la chambre est brevet de santé.
Toutefois, si Timon est si fort affecté,
Raison de plus pour lui de les payer ses dettes,
Pour plaire aux Dieux, ce sont d'infaillibles recettes !

SERVILIUS.

Juste ciel !

TITUS.

Ne pouvons, de ce. nous contenter !

FLAMINIUS (*au dehors de la maison*).

Holà Servilius ! ... sans plus vous arrêter,
Venez ! ... Mon pauvre Maître ! ...

Entre TIMON *en fureur, suivi de* FLAMINIUS.

TIMON.

Eh ! quoi donc de la sorte
Sur moi, de ma maison se fermerait la porte ! . . .
Cette salle naguère où donnai des festins,
A-t-elle un cœur de fer comme les vils humains ?
Ma maison serait-elle une prison funeste
Où de ma liberté je perdrais ce qui reste ?

LE SERVITEUR DE LUCIUS.

Allons va, commence, Titus.

TITUS.

Seigneur, voilà mon billet.

LE SERVITEUR DE LUCIUS.

Voici le mien.

LES SERVITEURS DE VARRON.

Et les nôtres, Seigneur !

LE SERVITEUR DE PHILOTUS.

Voilà aussi nos billets.

TIMON.

Assommez-moi avec eux, fendez-moi jusqu'à la ceinture.

LE SERVITEUR DE LUCIUS.

Hélas ! Seigneur !

TIMON.

Coupez, monnoyez mon cœur !

TITUS.

Mes cinquante talens !

TIMON.

Dis à mes veines de te donner mon sang.

K

LE SERVITEUR DE LUCIUS.

Cinq mille écus, Monseigneur !

TIMON.

Cent mille gouttes de mon sang pour les payer. Et le vôtre et le vôtre ?

LE PREMIER SERVITEUR DE VARRON.

Seigneur !

DEUXIÈME SERVITEUR DE VARRON.

Seigneur !

TIMON.

Tenez, prenez-moi, déchirez-moi, et que vous confondent les Dieux ! *(Il sort.)*

HORTENSIUS.

Ma foi, je vois bien que nos maîtres, quant à leur argent, n'ont rien de mieux à faire que de jeter leurs bonnets par dessus les moulins ; ces dettes peuvent bien être traitées de désespérées, puisque c'est un fou qui en est débiteur. *(Ils sortent.)*

Rentrent TIMON *et* FLAVIUS.

TIMON.

Ils m'ont mis hors des gonds ces affreux créanciers,
Misérables gredins, infâmes usuriers.

FLAVIUS.

Mon cher Maître ! ...

TIMON.

Oh ! pardi, j'en veux tenter la chance !
A moi, mon Intendant.

FLAVIUS.

Suis en votre présence !

TIMON.

Bon ! et bien à propos ! . . . Va-t-en chez Lucius,
Chez Lucullus, invite aussi Sempronius,
Va chez tous ces amis si friands de mangeaille,
Je veux fêter encor cette noble racaille !

FLAVIUS.

Y pensez-vous, mon Maître, ô mon digne Seigneur !
Oh ! c'est l'égarement où vous met la douleur,
Qui vous excite ainsi ! . . . pour un repas modeste,
Nous n'avons pas assez du très peu qui nous reste.

TIMON.

Ne t'inquiète pas . . . . pour fêter ces coquins
Encore ici j'aurai le plus beau des festins ;
A tout je pourvoierai,—j'ai mon chef de cuisine ! . . .
Va tous les inviter . . . . Ils viendront, j'imagine !   (*Ils sortent.*)

SCÈNE V.

Athènes.   La Salle du Sénat.

Le Sénat en Séance.

Entre ALCIBIADE *et Suite.*

PREMIER SÉNATEUR.

Il est coupable ! . . . Adonc, de ma voix lui fais don ;
Rien n'enhardit au crime, autant que le pardon.

DEUXIÈME SÉNATEUR.

La loi doit l'écraser de tout son poids, je pense,
Votre remarque est juste ! . . .

ALCIBIADE.

Honneur ! Santé ! Clémence !
Dans l'auguste Sénat !

PREMIER SÉNATEUR.

Quel sujet, Général ?

ALCIBIADE.

De vos nobles vertus je suis l'humble vassal !
La plus douce vertu des lois, c'est la clémence,
Les tyrans seuls eux sont méchants, mais par démence.
Il plaît au sort cruel sur un de mes amis
D'appesantir ses coups, mais qu'il me soit permis
Au milieu du S nat de prendre sa défense.
De son très noble sang, c'est dans l'effervescence,
Qu'il a sans le vouloir, outrepassé la loi,
Mais à part cet écart, c'est un homme ma foi,
Plein d'honneur, de vertus, qui rachètent sa faute.
Dans la vie il a su porter la tête haute !
Une noble colère, un fier ressentiment,
Contre son ennemi l'ont armé forcément 1
Il ne pouvait laisser souiller sa renommée,
Il fit ce qu'il devait—affaire consommée !...

PREMIER SÉNATEUR.

Innocenter un crime est un but révoltant,
C'est pourtant à tel but, que votre discours tend,
Vous paraissez vouloir pallier l'homicide
D'un esprit querelleur rendre l'espoir valide,
La valeur brutale est du monde le fléau,
Qui n'a pour dernier mot que la main du bourreau !
Dans ce monde de fous, celui là seul est brave,
Qui dédaigne l'insulte, et de sang froid la brave ;
La plus méchante langue a peu d'effet sur lui,
Et n'a pas le pouvoir d'exciter son ennui.
Jusqu'au meurtre en venir pour venger une injure,
C'est par un crime hideux, outrager la nature !

ALCIBIADE.

Seigneur !

PREMIER SÉNATEUR.

Vous ne pouvez telle faute amoindrir,
Se venger ! n'est le fait d'un grand cœur.... c'est souffrir !

ALCIBIADE.

Pardonnez, mes Seigneurs, ayez de l'indulgence,
Si je parle en guerrier n'en prenez pas offense.
Pourquoi les hommes, tous, au plus fort des combats
Vont-ils donc s'exposer et mourir en soldats,
Si la seule vertu reste dans l'endurance,
Et d'un affront reçu dans la non conscience ?
S'il faut tant de valeur en un mot pour souffrir
Pourquoi donc dans les camps en faut-il pour mourir ?
Assises au foyer, dans ce cas là, les femmes
Auront plus que guerriers de plus vaillantes âmes.
Si la seule bravoure est de savoir souffrir,
Mieux que le Lion, l'Âne, il pourra s'éjouir,
Si l'unique sagesse est dans la patience ;
Et le chargé de fer, grosse que fut l'offense,
Mieux que son juge aura droit à tranquillité !
O Sénateurs, ayez tous autant de bonté
Et de clémence aussi, qu'avez tous de puissance.
Qui ne condamne pas commise de sang froid
L'action de tuer—acte contre le droit ?
A son corps défendant pour conserver sa vie,
Mais tuer.... si ce n'est action qu'on envie,
Ce n'est crime pourtant !... C'est une impiété
Que se laisser aller dans sa brutalité
A cette passion qu'on nomme la colère....
Qui de nous, sans défaut, peut se dire sur terre ?...

DEUXIÈME SÉNATEUR.

Vous plaidez, mais en vain.

ALCIBIADE.

        Je plaiderais en vain,
Mais vous ne sauriez pas avoir des cœurs d'airain,

Ses services rendus près de Lacédémone
Parlent éloquemment pour sauver sa personne,
N'oubliez pas Bysance ...

PREMIER SÉNATEUR.

Eh ! que nous dites-vous ?

ALCIBIADE.

Je dis que sa valeur, son généreux courroux
A vos fiers ennemis fit mordre la poussière,
Je dis que son épée est épée exemplaire,
Que de sang valeureux n'a-t-il pas répandu ?

DEUXIÈME SÉNATEUR.

Il s'est sur le butin fait trop payer son dû.
C'est un homme sans frein ; quand sa raison se noie,
Dans le vin, il devient stupide comme une oie.
Il devient arrogant, il devient querelleur,
Sa débauche effrenée a terni son honneur.
Ses jours, ils sont souillés par sa froide rudesse,
Dangereuse à l'état est sa terrible ivresse.

PREMIER SÉNATEUR.

Il mourra.

ALCIBIADE.

Sort cruel ! Il eut avec honneur
Péri dans les combats témoins de sa valeur !
Si vous êtes, Seigneurs, à sa gloire insensibles,
Si pour vous ses hauts faits ne sont assez visibles ;
Mes services, aux siens daignez les ajouter,
Et laissez-vous fléchir sans plus argumenter.
Je sais que des garants, on en veut à votre âge
Je vous engage moi mon plus bel apanage,
Mes victoires.... de plus tous mes honneurs acquis
Pour votre gloire à vous, pour le bien du pays ;
Et vous réponds ici, j'en ai la certitude,
De tout son bon vouloir et de sa gratitude.

Si pour son crime, il doit, en un mot, à la loi
Sa vie !... oh ! laissez-lui s'en accorder l'octroi
Au milieu des combats ! Dignes Seigneurs la guerre
Aussi bien que la loi sait se montrer sévère !

PREMIER SÉNATEUR.

Il ne sert d'insister. Nous tenons pour la loi,
Il mourra ! doit mourir ! Adonc tenez-vous coi !
Celui-là qui sans frein dans le crime se vautre
A la loi doit son sang, contre le sang d'un autre.

ALCIBIADE.

Faudrait-il qu'il mourût ? Cela ne sera pas !
Avez-vous oublié la valeur de mon bras ?

DEUXIÈME SÉNATEUR.

Comment ?

ALCIBIADE.

Rappellez-vous qui je suis ?... c'est d'urgence !

TROISIÈME SÉNATEUR.

Comment nous menacer ? Quel dégré d'insolence ?

ALCIBIADE.

Je ne saurais penser que le nombre des ans
Ait de votre mémoire effacé mes talents !
Autrement ne serais à vos pieds, ô disgrâce !
Et pour solliciter aussi vulgaire grâce,
Qu'on me refuse encore, oh ! comble d'impudeur,
Quand je vous ai sauvé vous tous par ma valeur,
C'est de l'ingratitude, et r'ouvrez mes blessures !...

PREMIER SÉNATEUR.

Le Sénat ne saurait accepter tes injures
Redoute sa colère, et vois en les effets
Tous nous te bannissons pour toujours, à jamais !

ALCIBIADE.

Vous me bannir ! ô vous, un cloaque d'usure
Bannissez donc plutôt de votre vie impure
Les scandales hideux ....

PREMIER SÉNATEUR.

Si dans deux fois un jour
Athènes dans ses murs te voit affreux pandour,
Du Sénat recevras jugement exemplaire.

DEUXIÈME SÉNATEUR.

Et pour en faire fi de ta vaine colère,
Ton protégé sur l'heure il est exécuté. (*Les Sénateurs sortent.*)

ALCIBIADE.

Puissent les justes Dieux dans leur sage équité
Vous et chacun de vous, vous réduire en squelettes,
Décharnés, odieux, pour les payer vos dettes.
Oh ! ma rage est au comble ! ... Ah ! je les protégeais,
Tandis qu'à grosse usure, à grossiers intérêts
Ils prêtaient leur argent, non sans sûretés .... sûres !
Et ne suis riche moi que d'un tas de blessures ! ...
Est-ce donc là ce baume, en ce Sénat si vil
Que l'on paye aux guerriers pour leurs vertus .... l'exil !
Eh! bien c'est un affront qu' accepte sans grand' peines,
Moi, je vais me ruer maintenant sur Athènes,
De mes soldats, je vais ranimer les ardeurs,
A nouveau soulever et gagner leurs grands cœurs !
Les guerriers et les Dieux ne supportent l'offense,
Vouloir les outrager .... mais c'est de la démence ! (*Il sort.*)

SCÈNE VI.

Une magnifique Salle dans la maison de Timon. Musique. Tables
préparées pour un banquet. Nombre de Serviteurs.

Entrent plusieurs SEIGNEURS par des portes opposées.

PREMIER SEIGNEUR.

Bonjour, Seigneur !

DEUXIÈME SEIGNEUR.

Je vous rends le bonjour. Je pense que l'honorable Timon n'a
fait que nous éprouver l'autre jour.

PREMIER SEIGNEUR.

C'était ma reflexion quand je vous ai rencontré ; je me flatte
qu'il n'est pas si bas percé, et que ce qu'il a fait n'était que pour
éprouver ses amis.

DEUXIÈME SEIGNEUR.

Sans aucun doute, et ce qui vient le prouver assez est le nouveau
festin qu'il nous donne.

PREMIER SEIGNEUR.

Je le pense ainsi. Il m'a fait une invitation si pressante, qu'il
m'a fallu d'abord rompre avec de précédents engagements
d'affaires urgentes ; mais il a tant insisté que j'ai dû me rendre.

DEUXIÈME SEIGNEUR.

Je suis entièrement dans le même cas ; je me devais à des
affaires importantes, mais il n'a pas voulu recevoir mes excuses.
Je suis fâché vraiment de m'être trouvé dépourvu de fonds
quand il envoya chez moi emprunter quelqu' argent.

PREMIER SEIGNEUR.

Et moi j'en suis inconsolable ; sachant, comme je le sais maintenant, comment vont les choses.

DEUXIÈME SEIGNEUR.

Ici chacun en dit autant.   Combien voulait-il vous emprunter ?

PREMIER SEIGNEUR.

Mille pièces d'or !

DEUXIÈME SEIGNEUR.

Mille pièces d'or !

PREMIER SEIGNEUR (*à un Troisième Seigneur*).

Et à vous ?...

TROISIÈME SEIGNEUR.

Il m'avait envoyé demander .... Mais le voici !... Il vient !

Entre TIMON *et Suite.*

TIMON.

De tout mon cœur, mes Seigneurs ! Comment vous portez-vous ?

PREMIER SEIGNEUR.

A merveille Seigneur ! Quand nous apprenons que vous-même jouissez d'une bonne santé.

DEUXIÈME SEIGNEUR.

L'hirondelle ne suit pas l'été avec plus de sollicitude que nous votre Seigneurie !

TIMON (*à part*).

Et ne fuit pas plus promptement l'hiver. L'homme ressemble à ces oiseaux de passage. (*Haut.*) Seigneurs, notre dîner vous dédommagera du temps que vous avez dépensé à m'attendre. Fêtez-vos oreilles de cette musique. Si vous n'en n'êtes pas plus flattés que du son rauque de la trompette, alors, et de suite, nous irons nous mettre à table.

PREMIER SEIGNEUR.

J'espère que votre Seigneurie ne conserve au vis à vis de moi rancune aucune, de ce que j'ai renvoyé son messager les mains vides.

TIMON.

O Seigneur ! Ne songez donc pas à cela !

DEUXIÈME SEIGNEUR.

Mon noble Seigneur !...

TIMON.

O mon digne ami ! Comment va la santé ?

(On sert le banquet.)

DEUXIÈME SEIGNEUR.

Mon très honoré Seigneur ! je suis bien confus de m'être trouvé si pauvre, lorsque vous daignâtes envoyer l'autre jour chez moi.

TIMON.

Oubliez cela, je vous prie.

DEUXIÈME SEIGNEUR.

Si vous eussiez seulement envoyé deux heures plutôt....

TIMON.

Que ce souvenir ne vous laisse pas de sensations désagréables.
(à ses Serviteurs.)
Allons ! qu'on serve tous les plats à la fois.

DEUXIÈME SEIGNEUR.

Quoi ! tous les plats couverts ?

PREMIER SEIGNEUR.

Festin royal ! je vous en donne l'assurance.

TROISIÈME SEIGNEUR.

N'en doutez pas, tout ce que l'argent et les primeurs de la saison peuvent procurer.

PREMIER SEIGNEUR *(au Troisième Seigneur)*.

Comment vous portez-vous ? Quelles nouvelles ?

TROISIÈME SEIGNEUR.

Alcibiade est exilé. Le savez-vous ?

PREMIER ET DEUXIÈME SEIGNEUR.

Alcibiade est exilé !...

TROISIÈME SEIGNEUR.

C'est un fait avéré. La chose est sûre !

PREMIER SEIGNEUR.

Comment ? Comment ?

DEUXIÈME SEIGNEUR.

Et le pourquoi ? je vous prie.

TIMON.

Mes dignes amis, voulez-vous bien approcher ?

TROISIÈME SEIGNEUR.

Je vous en dirai davantage tantôt. Voilà un noble festin devant nous.

DEUXIÈME SEIGNEUR.

Le maître de céans est toujours le plus noble des maîtres.

TROISIÈME SEIGNEUR.

Cela durera-t-il ? Cela durera-t-il ?

DEUXIÈME SEIGNEUR.

A présent bien.... Mais un temps viendra.... où....

TROISIÈME SEIGNEUR.

Je vous comprends.

TIMON.

Allons ! que chacun prenne sa place avec l'ardeur dont l'amant se penche sur les lèvres de sa maîtresse. Vous serez également bien servis, quelques places que vous puissiez prendre. Liberté ! Egalité ! Fraternité ! Ne faites point de cérémonie, ne laissez point refroidir le dîner, en disputant sur le choix et la préeminence des places. Asseyez-vous, asseyez-vous et tout d'abord rendons grâces aux Dieux.

O Vous Grands Bienfaiteurs du monde, inspirez à notre société le tribut de la gratitude. Faites-vous payer vos dons, par des louanges, mais réservez vous toujours quelques bienfaits, si vous ne voulez pas voir vos Divinités méprisées. Prêtez à chaque homme assez, pour que l'un ne soit pas dans la nécessité d'emprunter à l'autre ; car si vos Divinités étaient réduites à emprunter aux hommes, les hommes abandonneraient les Dieux. Faites que le festin soit plus aimé que l'homme qui le donne. Faites qu'il n'existe pas une assemblée de vingt convives sans qu'il n'y ait une vingtaine de fripons. Que s'il se trouve douze femmes à table .... qu'elles soient .... ce qu'elles sont déjà ! Et comme appoints à vos gratuités, ô Dieux ! Des Sénateurs d'Athènes et de la lie du peuple Athénien hâtez d'eux tous la destruction complète et entière ! Quant à tous ces chers amis qui m'entourent, soyez pour eux ce qu'ils sont pour moi, et que vos dons soient comme le festin auquel ils sont invités .... un rien —entre deux plats—un néant !

(à ses Serviteurs.)

Découvrez !... (à ses Convives.) Meute affamée !... ruez-vous ! dévorez maintenant !

(Les plats sont découverts et ne contiennent
que de l'eau chaude.)

QUELQUES CONVIVES.

Que veut dire sa Seigneurie ?

UN AUTRE CONVIVE.

Ma foi ! je n'en sais rien.

TIMON.

Vous affreux carnassiers, oh ! puissiez-vous jamais
N'avoir meilleur festin dans vos riches palais !
Et la fumée et l'eau, la voilà votre image
Voilà le dernier don de Timon .... au visage

Il vous jette à son tour tous vos propos menteurs,
Tous vos propos dorés, méprisables flatteurs !
Ah ! puissiez-vous traîner une longue vieillesse
Doucereux louangeurs, monstres de politesse ;
Loups cerviers, caressants, vous détestables ours,
Pour dévorer, faisant la patte de velours,
Vous infâmes amants du vice de mangeaille,
Vous de l'humanité la plus vile canaille !
De l'homme et de la brute, oh ! que tous les fléaux
Vous couvrent d'une lèpre et calcinent vos os !
Eh bien ! que faites-vous ?   Un peu de patience !
Ne courez pas si vite en bonne conscience !
Toi ! prends ceci d'abord—Et puis prends cela toi !

(Il leur jette les plats à la tête.)

Arrête ami—je veux te prêter sur ma foi
Et non pas t'emprunter de l'argent.... sans alarmes
Ne soyez mes amis et poitrinez vos larmes....
Que le feu te consume, ô fatale maison !
Athènes sois maudite ! oh ! cruelle prison !
Soit au ban de Timon toute figure humaine !
Sur tout Athénien que retombe sa haine !   *(Il sort.)*

Rentrent des SEIGNEURS *et des* SÉNATEURS.

PREMIER SEIGNEUR.

Eh bien Seigneurs !

DEUXIÈME SEIGNEUR.

Pouvez-vous expliquer quelle est cette fureur du Seigneur
Timon ?

TROISIÈME SEIGNEUR.

Avez-vous vu ma toque ?

QUATRIÈME SEIGNEUR.

J'ai perdu ma robe.

TROISIÈME SEIGNEUR.

Ce n'est qu'un fou, rien qu'un fou. L'autre jour il m'a donné un joyau, et ce jour il me le fait sauter de mon chapeau. L'avez-vous vu mon joyau ?

QUATRIÈME SEIGNEUR.

Ma toque ! avez-vous vu ma toque !

PREMIER SEIGNEUR.

Hâtons-nous de sortir d'ici, filons !

DEUXIÈME SEIGNEUR.

Timon est fou !

TROISIÈME SEIGNEUR.

Mes épaules me répondent du fait

QUATRIÈME SEIGNEUR.

Il nous donne un jour des diamants, et le lendemain des pierres.

(Ils sortent.)

FIN DU TROISIÈME ACTE.

ACTE IV.

SCÈNE I.

Hors des Murs d'Athènes.

Entre TIMON.

TIMON.

Que je vous voye encore, impitoyables mûrs,
Tous ces loups dévorants, tous ces esprits obscurs
Qui les ceinturonnez dans votre abjecte enceinte ;
Sous terre, abîmez-vous, ne laissez votre empreinte,
Et qu' Athène ait vécu.   Des vieux temps, chasteté
Chez les mères, fais place à la lubricité.
Dans le cœur des enfants, péris, obéissance ;
Vous esclaves, vous fous, remplacez et d'urgence,
Nos graves sénateurs, à leur place jugez ;
Vierges à l'état pur, forniquez, forniquez,
Forniquez à cœur joie, oui, commettez le crime
Sous l'œil de vos parents, et roulez à l'abîme !
Banqueroutiers ! ô vous ne lâchez pas la main,
Agrippez, agrippez tout le bien du prochain,
Ne rendez pas l'argent, oh ! non de par St. George !
Mais de vos créanciers, sus ! coupez-moi la gorge.
Volez avec adresse, ô vous tous serviteurs !
Vos maîtres, par les lois, ne sont que des voleurs !
Jeune esclave, va-t-en, dans le lit de ton maître,
Et cela, sans pudeur, ta maîtresse, un vil être,
Se prostitue ailleurs.   Jeune fils de seize ans,
Arrache à ton vieux père, à ses pas chancelants,

Sa béquille, et soudain, va, ne sois pas timide,
Brise sa tête chauve, et deviens parricide !
Crainte, respect et paix, justice, amour des Dieux,
Subordination, sentiments généreux,
Education, mœurs, religion sublime,
Commerce social qu'on prise et qu'on estime,
Usages, bienséance, et vous divines lois
De stricte probité, sus ! tombez à la fois !
Rentrez sus ! au néant ! et que messieurs les vices,
Et la vile débauche, avec ses immondices,
A flots pleuvent sur toi !   Que la confusion
Soit le règne partout, et sans exception.
Vous tyrans des mortels, cruelles maladies !
Sur Athènes laissez tomber vos perfidies !
Pour la ruine mûre, il vous faut la frapper,
La friper, la sapper, l'écloper, l'écharper !
Sur leurs vieux os pourris, toi, froide sciatique,
Parmi nos sénateurs et leur infâme clique,
Glisse-toi, sans vergogne, et que ces vicieux
Imagés de leurs mœurs, deviennent laids, hideux.
Empoigne-moi les cœurs, toi, débauche effrenée,
Et souille la jeunesse avant que d'être née,
Qu'elle puisse lutter, toujours avec succès
Et contre les vertus, et contre leurs bienfaits,
Pour s'abîmer enfin dans le gouffre des vices,
Au sein des voluptés et de leurs artifices.
Que la corruption au sang Athénien
En tapinois fermente et le reduise à rien !
Quelle enfante la lèpre, et puis souille l'haleine,
Quelle la rende infecte,—engendrant la gangrène.
Que leur belle amitié se résume en poison !
Détestable cité, je sors de ma maison
Aussi nu que le ver, et de toi, rien n'emporte,
Va, ne te gênes pas, et proscris et déporte,
Timon te fuit, s'en va dans le fond des forêts
Chercher cette pitié qu'il ne trouva jamais

Parmi tout ton fretin, ô vile espèce humaine !
Où les féroces loups ne connaîtront ta haine.
Dieux bienfaisants ! tombez sur les Athéniens
Au dedans, au dehors de leurs murs à ces chiens !
Accordez à Timon, dans ses vieilles années
Ces races de les voir toutes exterminées !   (*Il sort.*)

SCÈNE II.

Athènes.   Une Chambre dans la Maison de Timon.

Entre FLAVIUS *avec deux ou trois* SERVITEURS.

PREMIER SERVITEUR.

Parlez, maître intendant, où notre maître est-il ?
N'est-il donc plus d'espoir dans le commun péril ?

FLAVIUS.

Hélas ! mes bons amis, que pourrai-je vous dire
Comme vous je suis pauvre, et comme vous chavire,
Me protègent les Dieux !

PREMIER SERVITEUR.

Une telle maison
Renversée à jamais, contre toute raison.
Maître si généreux jeté dans la misère,
Et pas un seul ami resté,—çà désespère ;
Non, pas un seul ami dans un si grand malheur !

DEUXIÈME SERVITEUR.

Nous,—nous tournons le dos, malgré notre douleur
A notre camarade alors que dans la fosse
On le met le pauvret !   L'amitié, note fausse !...
Eux !   Ils l'ont tous quitté misérables flatteurs,
Après eux ne laissant rien que leurs vœux trompeurs.
Ainsi que le mépris, seul, maintenant il marche,
Tout le monde le fuit, évite une démarche

Qui pourrait mettre un terme à sa perplexité !
Tout le monde redoute et fuit l'adversité !

(*Entrent quelques autres* SERVITEURS *de Timon.*)

Un essaim de nos gens, de vers nous s'achemine.

FLAVIUS.

Tous, débris malheureux de maison en ruine.

TROISIÈME SERVITEUR.

De Timon cependant ils en portent nos cœurs
La livrée en ce jour, témoin de nos douleurs,
Servant sous le malheur, nous sommes tous ensemble
D'honnêtes compagnons, et tous marchant à l'amble.
Notre barque fait eau ; nous sommes au tillac,
Pourrons-nous donc trouver pour nous passer un bac ?
Il faut nous disperser dans l'océan immense,
Notre carrière, hélas ! encore recommence !

FLAVIUS.

Je veux, moi, partager avec vous, mes amis,
De mon modeste avoir, les modestes débris.
En quelque lieu que puisse aller nos débandades,
Pour l'amour de Timon, restons bons camarades,
Et comme souvenir dans nos jours malheureux,
Disons-nous : " *Chez Timon, vîmes jours plus heureux !* "
Tenez, chacun de vous, que sa part il l'a prenne !
Tendez, tendez vos mains, à nul que mal n'advienne !
Et pas un mot de plus !... A chacun le bonheur !
Nous sommes pauvres, las ! Mais riches en douleur !

(*Flavius leur distribue de l'argent, et tous
sortent de différents côtés.*)

Oh ! la prospérité !... quelle affreuse détresse
Elle nous a légué ? qui donc de la richesse
En voudra maintenant puisque son résultat
Est d'abaisser le riche au-dessous du goujat !
Quel homme voudrait donc d'amitié pour le songe !
Se laisser bafouer par de l'or—un mensonge !

Qui voudrait de la pompe....et d'un suprême bien,
De la fortune, las! pour ne posséder rien,
Que tous les faux amis, de Timon l'entourage,
Vil or!—que l'on voit faux aussitôt l'essayage.
O mon bon maître, ô toi, toujours si généreux,
T'a perdu la bonté de ton cœur vertueux!
Avoir fait trop de bien est ton unique crime,
De tes nobles bienfaits toi seul est la victime.
O mon doux et cher maître! autrefois adoré,
Pour être en ce moment maudit, déshonoré?
Qui fit ton crime? hélas!   C'est ta grande opulence
C'est ta calamité!...   Pour eux c'est une offense!
Il a fui dans sa rage, hélas! le bon Seigneur
Cette odieuse cité, cet antre du malheur!
Il n'a rien avec lui, non rien du nécessaire,
Je veux l'aller trouver, partager sa misère,
Oui, je veux le servir de mon or—un pouvoir,
Rester son intendant, dût-il ne le vouloir   (*Il sort.*)

SCÈNE III.

Les Bois.

Entre TIMON.

TIMON.

O grand astre! ô soleil! de tous les biens le père
Pompe avec volupté les vapeurs de la terre,
Les impures vapeurs, portes-les à ta sœur,
Infecte l'air....ô toi! le grand désinfecteur!
Sortis du même sein, et des mêmes mamelles (')

(') Dans un précédent ouvrage, "Shakesperean Gems," publié par Tegg en 1868, nous avons donné ce passage, intitulé dans "Les Joyaux de Shakespeare," titre Français de ce livre international:

"INÉGALITÉ DES CONDITIONS."

Nous avons *préfacé* nos vers—qu'on nous permettre le mot *préfacé*—des lignes suivantes:—

Deux beaux frères jumeaux, des Dieux les étincelles,
Ont tous les deux souvent bien contraires destins.
Le plus grand tient en haine, aussi dans ses dédains,
Le plus petit des deux.   L'homme, c'est point blâmable,
S'il est riche et pourvu, méprise son semblable.

"*Pour démontrer que l'inégalité des conditions est une place inhérente à la vie sociale*, Timon dit, *en vrai philosophe* :—

Dans des conditions d'argent antipathiques
Prenez-moi deux jumeaux en tout presqu' identiques,
Le plus riche des deux, fut-il pauvre d'esprit,
Aura de grands mépris pour l'autre plus petit.
Par les maux réunis, mise en état de siège,
La nature ne peut d'un regard qui protège
Accueillir les humains ; et c'est un parti pris,
Sur eux elle déverse et dédains et mépris.
D'un gueux, d'un mendiant, méprisable chenille
En habit de Seigneur, changez-moi la guenille,
Ce gueux recueillera d'un seigneur les honneurs,
Le seigneur dénudé n'aura que non valeurs.
L'heureux de ces jumeaux si son or ne le quitte,
Du Pasteur recevra des baquets d'eau bénite ;
Oserez-vous donc dire à propos du Pasteur
Que cet homme au total *n'est autre qu'un flatteur ?*
Que s'il en est ainsi, des hommes la mégnie,
Devra de ce pasteur faire sa compagnie.
La fortune en sa marche a, chacun de ses pas
Affermi par des gens de l'échelle au plus bas.
Devant le sot doré, la caboche érudite
S'aplatit, fait plongeon, se dérobe au plus vite.
Dans ce monde maudit tout s'en va de guingois
Hormis le crime.... Lui grouille en dépit des lois.
Donc soyez abhorrés enfants de la sottise,
Vous méprise Timon, et Timon se méprise.
Que la destruction laisse tomber sa main
Sur l'homme et sa mégnie.... A bas le genre humain ! "

Nous reproduisons cette version, en note, comme une curiosité littéraire ;
ne nous étant plus souvenu en 1872 lorsque nous écrivions Timon, nos
"Shakespereau Gems" de 1868. Que voulez-vous, lecteur ? Nous avons
hélas 73 ans—et nous avons publié déjà 53 volumes.

            O memory ! ! !

                C. DE C.

De ce vil mendiant, qu'on fasse un sénateur,
Il devient tout puissant, prélasse sa grandeur ;
Otez au sénateur son titre héréditaire,
Dans le mépris il traîne une ignoble misère !
De l'homme l'opulence est, c'est la vérité,
L'existence—et la mort est dans la pauvreté.
Quel homme osera dire, en bonne conscience,
Où l'ami s'annihile.... *où le flatteur commence !*
Ainsi qu'un vil troupeau se suivent les flatteurs ;
S'incline le savant devant l'or, les honneurs !
Tout est oblique et faux dans ce qu'on nomme l'homme,
Dans notre humanité le vice aura la pomme
Et toujours, et toujours.... et la perversité !
Oh ! maudite à jamais, soit la société.
Timon hait son semblable, et bien loin qu'il se prise,
Il se hait à l'égal ; qui plus est se méprise !
Fi ! du vil genre humain ! que la destruction
Eteigne à tout jamais, sus ! chaque nation.
O terre ! cède-moi quelques viles racines....

(Il creuse la terre.)

Tu peux me les céder, ce ne sont des rapines !
Et que l'homme qui veut de toi bien plus encor,
Récolte du poison.   Mais que vois-je ?... De l'or !
Non ! Dieux ! non je ne veux de vous rien de semblable,
Des racines, ô Dieux ! c'est assez pour ma table !
Non ! rien de superflu ! surtout, oh ! non point d'or !
Je n'en veux plus du tout de ce métal butor,
Car cette dose, hélas ! de poussière jaunâtre
Peut embellir un monstre,—et peut noircir l'albâtre !
Annoblir la bassesse, et pour comble d'horreur,
Innocenter le crime, et du front du vainqueur
Arracher le laurier, et pour en ceindre un lâche,
Qui traître à sa patrie a déserté sa tâche ! [1]

---

[1] Shakespeare avait-il pressenti l'infâme ex-Maréchal Bazaine ?...
On le croirait !—C. DE C.

Oh ! pourquoi donc cela ?   Pourquoi cela Grands Dieux !

Oui, cet or il peut faire, et c'est acte odieux,

Déserter vos autels et corrompre vos prêtres,

Il peut annihiler le culte des ancêtres !

Ce brillant, cet infâme et servile métal

Unit ou romp les nœuds ; son pouvoir est fatal,

Ce qui reste maudit, sus, il le sanctifie,

A son pouvoir bien fou soit celui qui se fie !

Il place le fripon auprès du sénateur,

Lui donne la noblesse et lui donne l'honneur !

Lui seul sèche les pleurs de la nouvelle veuve,

Et lui fait désirer encore maison neuve.

L'infâme créature en son affreux chenil

Il l'embaume à nouveau, lui recrée un avril !

Idole ! pour t'avoir chacun se prostitue,

Chacun t'adore comme arrivant de la nue,

Moi, de suite je veux te rendre à ton néant,

Je t'enterre à nouveau, vil métal, malfaisant !

              (*On entend une marche guerrière.*)

Oh ! qu'entends-je ? ... Un tambour ! ... Or ! jaunâtre poussière,

Subtil bien remuant, je t'enfouis sous terre,

Tu resteras toujours le plus fort des brigands,

Mais va de ce sous sol croupir dans les néants.

Je garde un peu de toi, de ta vile matière,

Car avec toi beaucoup l'humanité peut faire,

            (*Il prend un peu d'or et enfouit le reste.*)

Entre ALCIBIADE *en costume de guerrier, avec tambours et fifres,*
            aussi PHRYNIA *et* TIMANDRA.

                    ALCIBIADE.

Quel es-tu ?   Dis-moi, toi ?

                    TIMON.

                  Moi, dis-tu, qui je suis ?

Une bête sauvage, et point de tes amis,

Que te ronge le cœur une affreuse vipère,
Pour de l'homme venir m'offrir un exemplaire.

ALCIBIADE.

Dis-moi! quel est ton nom? Pourquoi tous ces mépris
Pour l'homme, alors que toi—toi-même tu ne puis
Ne pas être homme enfin!

TIMON.

Je suis le misantrope,
Je hais le genre humain, je ne suis philantrope!
Pour toi, je voudrais que tu fusses un chien,
Pourrais un peu t'aimer, ça me ferait du bien!

ALCIBIADE.

Oh! je te reconnais! Tes malheurs les ignore
Je les ignore tous.

TIMON.

Ignore les encore!
Je te connais aussi moi,—je te connais bien,
Et cela me suffit—je ne désire en rien
De tes gestes et faits connaître davantage;
Suis tes tambours, suis les, en avant ton courage!
De sang rougis la terre, et nom d'un chien! les lois
Toutes cruelles sont faites de feux grégeois!
Après cela, mon Dieu! que doit être la guerre!
Cette femme élastique, et très belle naguère,
Qu' avec toi tu conduis, nargue de la douceur
De ses célestes yeux, doit porter le malheur
Et la destruction bien plus que ton épée†

PHRYNIA.

De venin, que ta lèvre aujourd'hui soit trempée!

TIMON.

Ma fille! ne crains pas que t'embrasse Timon,
De ta lèvre il ne veut recueillir le limon!

N

ALCIBIADE.

Comment donc chez Timon, par quelle affreuse chance
A-t-elle pu venir telle désespérance !...

TIMON.

Comme la lune en haut en des vapeurs se teint,
Et faute de lumière à répandre.... s'éteint !
Ainsi qu'elle, n'ai pu raviver ma lumière,
Nul soleil n'existait pour dorer ma paupière.

ALCIBIADE.

Que pourrais-je pour toi ? pour toi noble Timon !
Pour toi qu'aimai toujours, le jure par Ammon !

TIMON.

Tu ne peux rien pour moi, sinon de te complaire
A tous mes sentiments.

ALCIBIADE.

Pour toi que faut-il faire ?

TIMON.

Promets-moi tes secours, mais ne m'en donne aucun,
Je ne veux être ici l'obligé de quelqu'un ;
Que des grands Dieux sur toi soit l'immense colère,
Si tu fais ce que dois.... Et dans le cas contraire,
Qu'encor sur toi des Dieux retombent les rigueurs !

ALCIBIADE.

J'ai su, mais par hasard quels furent tes malheurs.

TIMON.

Mes malheurs tu les vis dans un temps de liesse.

ALCIBIADE.

Aujourd'hui les voyant je comprends ta détresse,
Quel changement depuis les jours de ton bonheur ?

TIMON.

Quel changement en toi jadis un grand vainqueur,
Que je vois aujourd'hui la trop facile proie
De deux viles putains, de deux filles de joie.

TYMANDRA.

D'Athène est-ce donc là ce superbe Seigneur
Dont d'innombrables voix proclamaient la grandeur !

TIMON.

N'es-tu pas Tymandra ?

TYMANDRA.

Certes, et je m'en flatte !

TIMON.

Reste toujours putain, fais ton métier de chatte,
Ceux qui te font l'amour, c'est leur lubricité
Qu'ils fêtent—non pas toi, te dis la vérité ;
Verse leur à longs traits pour leurs ardeurs lascives,
De ton sang maculé les immondes lessives,
Fais courir tes amants tous vers le médecin ;
Condamne les, au lait, adorable catin !

TYMANDRA.

Aux enfers va-t-en, monstre !

ALCIBIADE.

O Tymandra ! pardonne !
Ses malheurs l'ont aigri, mais sa belle âme est bonne.
Brave Timon, n'ai plus que bien peu, bien peu d'or
Mes soldats indigents le convoitent encòr !
Mais, tiens, prends en ta part.   Comment l'ingrate Athènes
T'a traité—je l'ai su ; s'en accroissent mes haines....
Sans ta vaillante épée, et sans tes grands exploits,
Que serait-elle Athène et ses hideux bourgeois ?

TIMON.

Fais battre tes tambours, laisse-moi tu me gênes.

ALCIBIADE.

Timon, comme un ami je partage tes peines.

TIMON.

J'ai besoin d'être seul, n'ai besoin de pitié.

ALCIBIADE.

Adieu ! voilà de l'or, prends-le par amitié !

TIMON.

Puis-je manger ton or ? garde-le, je t'en prie !

ALCIBIADE.

Quand j'aurai fait d'Athène au gré de ma furie
Une ville sans nom, un immense désert....

TIMON.

Tu combats contre Athène ?... Oh ! ta fureur me sert
Te protègent les Dieux !... soit à toi la victoire,
Sus aux Athéniens ! c'est un fait méritoire
Que de les égorger—puis le combat fini,
Péris toi-même, oui, péris et sois honni !

ALCIBIADE.

Moi Timon ! Et pourquoi ?

TIMON.

                    Parce qu'en ta furie
Ces lâches les tuant, tu tueras ma patrie.
Reprends, reprends ton or, en voilà pour toi, pars,
Va, partout soit fatal, sans pitié, sans égards,
Comme quand Jupiter sur cité criminelle
Laisse pleuvoir les traits que son ire amoncelle !
Malgré ses cheveux blancs, n'épargne le vieillard,
C'est un vil usurier, en son temps égrillard ;
Sans sourciller aussi frappe-moi la matrone,
Honnête est son dehors, mais non pas sa personne ;

Que la vierge ne soit un appât pour ton cœur,
Sans pitié frappe là de ton glaive vainqueur,
En dépit de sa joue, et de son sein d'albâtre,
Car elle est fausse au fond et n'est rien .... que du plâtre !
N'épargne pas l'enfant, car dans son âge mûr
Il deviendra gredin, un assassin .... futur !
Ecrase sans remords la vile multitude,
Que pour toi ce ne soit une tâche trop rude,
Que ton épée en tout, partout soit un éclair,
Et pour l'humanité que ton cœur soit de fer.
Et surtout ne va pas les ménager les prêtres,
Ce sont des imposteurs .... Pour les payer ... tes maîtres,
Car tes soldats ils sont plus tes maîtres que toi,
Tiens, prends, voilà de l'or — va tuer sans émoi,
Puis lorsque ta fureur tu l'auras assouvie
Contre toi tourne là .... vite brise ta vie !

ALCIBIADE.

As-tu de l'or encor ? Timon !... je le prendrai ;
Pour suivre tes conseils, mais bien, j'aviserai.

TIMON.

Suis les, ne le suis pas !... que le ciel te confonde !

TYMANDRA.

Bon Timon ! donne-nous de l'or ... le Dieu du monde ! ...
Mais encore en as-tu ?

TIMON.

      J'en ai, j'en ai de l'or !
Assez pour ratifer, et revernir encor
L'honneur et la vertu d'une putain infâme,
J'en ai pour en dorer, et faire une reclame
A sa vertu défunte, à ses défunts bourbiers ....
Mes drôlesses ! Allons ! tendez vos tabliers
Et sus ! emplissez-les — ne veux de vos parjures,
Ne veux de vos serments, ce seraient des injures

Que gratuitement vous lanceriez aux Dieux,
Soyez, restez putains, ce sera pour le mieux !
Que celui qui voudrait vous détourner du vice,
Reste dans vos filets, et soit votre appendice ;
Surtout restez putains ; car c'est un bel état !
Que remplirez six mois durant — avec éclat !
Puis resterez six mois cuver vos immondices,
Pour exercer après bien mieux vos artifices !
Ornez-moi vos beaux fronts du produit des gibets,
Ces factices cheveux soient pour vous des filets
Où vous enlacerez les plus bêtes des bêtes,
Qui les adoreront ces cheveux sur vos têtes !
Chaque jour augmentez vos prostitutions,
Peignez votre visage à faire illusions,
Et comblez les de fard les rides de votre âge !

PHRYNIA ET TYMANDRA.

De l'or ! mon bon Timon, donnes en davantage !
De l'or ! de l'or ! de l'or ! nous ferons pour de l'or
Tout ce que tu voudras, et même . . . . plus encor !

TIMON.

Abreuvez de venin, mes vaillantes commères,
Le plus pur sang de l'homme, et semez le d'ulcères.
Du légiste étouffez le fausset chicaneur,
Du flamine étouffez l'argument querelleur
Contre la volupté quand il crie et déclame,
Quand il en use lui tout le premier l'infâme !
Du hideux débauché faites tomber le nez
Pourri par la gangrène, et puis, sus ! dépouillez
Ces jeunes suborneurs, honte de la nature,
De leurs cheveux déjà rongés par la luxure.
Ces fanfarons de gloire échappés aux combats,
Tombez, tombez sur eux, ce sont des scélérats !
Sur chacun et sur tous votre ardeur impudique
Sachez la déverser, créez de l'érotique,

Ereintez, saccagez la population,
Annihilez l'espèce, et sans exception.
Tenez voilà de l'or, ruez-vous sur le monde,
Jetez lui le parfum de votre lèpre immonde,
Et puis quand n'aurez plus que les os et la peau,
Que le fossé boueux vous serve de tombeau !

PHRYNIA ET TYMANDRA.

O générenx Timon ! sois nous, sois nous propice,
De l'or ! de l'or encor pour le culte du vice !

TIMON.

Je vous ai toutes deux payé, sales putains !
Propagez votre espèce, et puis . . . . sus aux humains !

ALCIBIADE.

Battez, battez tambours, et marchons vers Athènes,
Timon ! si je prospère, en dépit de tes haines,
Je reviendrai te voir.

TIMON.

Et moi j'espère bien
Ne te revoir jamais.

ALCIBIADE.

Mais je ne t'ai fait rien !

TIMON.

De moi tu dis du bien !

ALCIBIADE.

Est-ce donc une offense ?

TIMON.

C'est offense pour moi, cela suffit je pense.
Sors d'ici, pars, va-t-en, emmènes avec toi
Ces deux pestes bien vite, en paix et laisse-moi

ALCIBIADE.

Nous ne faisons ici que l'aigrir, j'en ai crainte,
Partons et laissons le ; sortons de son enceinte.

> (*Les tambours battent, sortent Alcibiade, Phrynia,*
> *Timandra et suite.*)

TIMON (*seul*).

Nature ! se peut-il que devant l'homme ingrat
Tu sois prodigue encor d'or à si haut carat ?

(*Il bêche.*)

Mère commune, ô toi, dont la verve féconde
Soutient et nourrit tout de par ce vaste monde,
Toi qui donne naissance à l'être le plus vain,
A l'homme, et puis encore aux bêtes à venin,
Au crapaud, au lézard, à l'ignoble vipère,
Au serpent venimeux, au tigre, à la panthère,
A des monstres sans nom, et tout gorgés de fiel,
Et qui vivent pourtant sous la voûte du ciel,
Ouvre à Timon ton sein libéral et fertile,
Une pauvre racine à Timon est utile,
Après referme-le, puis de dragons et d'ours,
Va repeuple le sol, et cela tous les jours.
Oh ! je ne veux de toi qu'une pauvre racine,
Que je la doive encore à ta bonté divine.
Et puis récrépis-toi, puis taris tes ruisseaux,
Dessèche les sillons, et flétris les rameaux,
Jette à l'homme effaré toutes les épouvantes,
Détruis, anéantis partout le suc des plantes,
L'homme est un vil ingrat, il ne mérite pas
Les dons de la nature offerts à ses repas,
C'est par trop d'embonpoint que sa raison s'égare,
Et dans la volupté qu'il redevient barbare !

(*Entre* APÉMANTUS.)

TIMON.

Un homme ! encore un homme, ô malédiction

APÉMANTUS.

On me dit, de ta part c'est ostentation
Que tu veux m'imiter—on m'a dit ta demeure
Et pour te visiter j'arrive ici, sur l'heure.

TIMON.

Que la peste t'étouffe !...

APÉMANTUS.

Oh ! c'est dérision

De ta part, et ce n'est rien qu' affectation.
Que signifient dis-moi, cette barbe revêche,
Ce vêtement d'esclave, aussi bien cette bêche,
Et ces regards empreints de soucis si nombreux ?
Tes flatteurs, cependant ont des vins généreux,
Couchent sur le duvet, se carrent dans la soie,
Et tout le long du jour, de la nuit, sont en joie.
Pour eux tous, ah ! Timon n'a jamais existé,
Leurs jours sont longs et beaux, ce sont tous jours d'été.
Ne deshonore pas l'état de philosophe,
Fais-toi bon hypocrite.... Eh ! souvent dure étoffe
Est légère à porter ; tu deviens à ton tour
Le flatteur des gredins ; à genoux fais ta cour,
Dénigre les vertus, flatte les plus grands vices,
Tu te feras par là destins des plus propices !
Tu fus dupe longtemps, venge-toi, sois fripon,
Oui, fais-toi parasyte, à toi lors le pompon !
Si tu redevenais encor dans l'opulence
Les fripons à nouveau te feraient l'indigence ;
Et ne va pas surtout te faire de mon moi
L'infâme parodie... oh ! je vaux mieux que toi ?

TIMON.

Si je te ressemblais, je l'éteindrais ma vie.

APÉMANTUS.

Depuis longtemps ton sort est sort que l'on n'envie,
Jadis un insensé, tu n'es plus aujourd'hui
Qu'un sot, dont un chacun se fiche de l'ennui.

o

Attends-tu que ce froid, et que ce vent d'orage,
Ton vêtement bien chaud, comme l'eut fait ton page,
Viendront te l'apporter ? Ces arbres archi-vieux,
Sur ton ordre, iront-ils, abriter tes cheveux ?
De ce ruisseau glacé l'eau turbulente et vive
Viendra-t-elle en ta vie aviver un qui vive ?
Ces chênes, sans abri du choc des éléments
Subissent la nature, et tous ses   oissements....
Dis leur de te flatter ?... Alors, en conscience,
Alors-tu connaîtras....

TIMON.

Que tu n'es qu'en démence.
Sors d'ici,—sors d'ici !

APÉMANTUS.

T'aime plus que jamais.

TIMON.

Et moi plus que jamais, te le dis, je te hais.

APÉMANTUS.

Et pourquoi ça, Timon ?

TIMON.

Tu flattes la misère !

APÉMANTUS.

Je ne te flatte pas, je te l'ai dit naguère,
Misérable, te sais.

TIMON.

Et pourquoi me chercher ?

APÉMANTUS.

Pourquoi ? le grand pourquoi ? Mais c'est pour te vexer !

TIMON.

C'est le rôle d'un fou.—Te plais-tu dans tel rôle ?

APÉMANTUS.

Oui, Timon !

TIMON.

A mes yeux tu n'es qu'un affreux drôle,
Un lâche scélérat !

APÉMANTUS.

Pour mâter ton orgueil
Si ces grossiers haillons, ces indices de deuil,
Tout ce qui constitue une aussi laide écorce,
Tu te les imposais,—à cette triste amorce
Je pourrais applaudir,—mais, vrai, je ne le peux :
La force t'a contraint. Si tu n'étais un gueux
Tu serais courtisan. L'indigent volontaire
Est roi, plus que celui qui sortant de sa sphère,
Ne borne ses désirs, et reste malheureux,
Tandis que l'autre reste au niveau de ses vœux.
Sans le contentement, la plus belle fortune
Au cœur de l'homme laisse une énorme lacune ;
Etant si misérable, ayant tant à souffrir,
Tu devrais désirer toi, Timon de mourir !

TIMON.

Moi ! Je ne le suis pas vraiment si misérable !
Que recevoir de toi ce titre méprisable !
Toi tu n'es rien du tout, toi tu n'es qu'un vil rien,
La nature toujours t'a traité comme un chien.
Tu n'eus jamais de part à la moindre fortune,
A la moindre faveur, au moindre clair de lune,
Si toi, tout comme moi, dans ton premier berceau
Eut été des heureux—ainsi qu'un vil pourceau
Tu te fusses plongé dans l'horrible débauche,
Tu serais aujourd'hui la plus vilaine ébauche
De l'affreux genre humain, tu serais, en un mot,
Ce que tu resteras, archi-sot, archi-sot !
Tu n'eusses jamais su les lois de la décence,
La modération, pas plus que l'endurance.

Mais moi, qui sur le monde avait mis mon grappin,
Sur chacun et sur tous, je regnais souverain,
Ayant de serviteurs, oh! plus que des centaines,
A moi tous attachés, comme feuilles aux chênes....
Un souffle a tout détruit, le souffle d'un hiver,
Et je suis resté nu, mais ferme autant que fier,
Apte à braver l'autan, à braver la tempête,
Pour tous les maux ayant mon âme toujours prête;
Ton existence, à toi, ce fut dans le malheur
Qu'elle a dû commencer; tu connus la rigueur
Du sort, et chaque jour te fit à la souffrance.
Pourquoi hairais-tu les hommes?... par démence!
Ils ne t'ont pas flatté—quels dons leur as-tu fait?
Va, si tu veux maudire, eh bien! maudis de fait,
Celui qui sans vergogne un jour se fit ton père,
Sa gourgandine aussi qui fut dame ta mère.
Hors d'ici! si n'étais un effronté blagueur,
Ton seul lot eut été d'être fripon, flatteur!

APÉMANTUS.

Bon! malgré tes haillons, serais-tu fier encore?

TIMON.

Oui, de n'être pas toi.

APÉMANTUS.

Moi! parbleu! je m'honore
De n'être pas Timon!

TIMON.

Si l'or de l'univers
Se concentrait en toi, te dirais: " Aux enfers !"
Oh! des Athéniens la vie....oh! que n'est-elle
Dans cette humble racine.... en sucerais la moëlle,
Les anéantirais.

APÉMANTUS.

Qui? Dis-moi, voudrais-tu
Dépêcher vers Athène?

TIMON.

En façon d'impromptu

Toi !.. par un ouragan emporté.—Bon voyage !
Dis aux Athéniens, dis à l'Aréopage,
Que j'ai de l'or ici.—Vois-tu ?...j'en ai de l'or !

APÉMANTUS.

Ici quel est-il l'or ?   Ce n'est pas un trésor !
A quoi sert-il ton or ?   Il n'est d'aucun usage.

TIMON.

Il n'en est que meilleur, plus innocent, plus sage ;
Ici, car en dormant il ne fait pas de mal !

APÉMANTUS.

Où passes-tu la nuit !

TIMON.

Tiens, voilà mon local,

Tu le vois sous ce dais.—Où prends-tu ta mangeaille
Le jour ?

APÉMANTUS.

Où je la prends ?   Ma foi ! vaille que vaille

Où je trouve à manger, sans trop me déranger.

TIMON.

Oh ! si j'étais poison, et pusses me loger
Au gré de mes désirs.... Oh ! la bonne aventure

APÉMANTUS.

Où te logerais-tu ?

TIMON.

Mais.... dans ta nourriture !

APÉMANTUS.

Va ! tu n'as jamais connu le juste milieu de l'humanité. Quand
tu étais tout doré, et tout parfumé, on se moquait de toi pour

ta curiosité de recherches.   Depuis que tu es en haillons on te méprise.   Tiens, voilà une nèfle pour toi, mange la.

TIMON.

Je ne me nourris pas de ce que je déteste.

APÉMANTUS.

Tu hais une nèfle ?

TIMON.

Oui, parce qu'une nèfle ridée, l'emblême du pourri, te ressemble.

APÉMANTUS.

Que n'as-tu hai les nèfles plutôt, tu t'aimerais mieux toi-même à présent.   Quel homme insouciant as-tu jamais connu qui fut aimé d'après ses moyens ?

TIMON.

Qui, sans les moyens dont tu parles, as-tu jamais connu susceptible d'être aimé ?

APÉMANTUS.

Moi !

TIMON.

Je te comprends, tu avais quelques moyens de garder un chien.

APÉMANTUS.

Que trouves-tu dans le monde qui ressemble le plus à un flatteur ?

TIMON.

Sans contredit les femmes.   Mais l'homme est la flatterie incarnée.   Apémantus que ferais-tu de l'univers, si l'univers était à ta disposition ?

APÉMANTUS.

Je le jeterais en pâture aux bêtes féroces, pour me débarrasser des hommes.

TIMON.

Voudrais-tu être détruit toi-même dans la débâcle générale de l'espèce humaine, ou rester brute parmi les brutes ?

APÉMANTUS.

Oui, Timon.

TIMON.

L'ambition d'une brute. Les Dieux accomplissent ton vœu ! Si tu étais lion, le renard te duperait ; agneau le renard ferait de toi sa proie ; renard le lion te suspecterait si par aventure l'âne s'avisait de t'accuser ; âne ta stupidité ferait ton tourment, et tu ne vivrais que pour devenir le dîner du loup ; loup, ta voracité serait ton supplice ; et souvent tu exposerais ta vie pour assouvir ta faim ; licorne ta fureur serait un piège, et tu en périrais victime ; ours tu serais tué par le cheval ; cheval tu serais occis par le léopard ; léopard tu serais parent du lion, et ta peau mouchetée serait fatale à ta vie, tu n'aurais de sûreté que dans ta fuite, et ta seule défense serait ton absence. Quel animal pourrais-tu être qui ne fut pas soumis à quelqu'autre animal ? Tu es une brute dès ce moment même pour ne pas voir combien tu perdrais à la métamorphose !

APÉMANTUS.

Si ta conversation avait eu l'heur de me plaire, c'eût été surtout dans ce moment, où la République d'Athènes est devenue un repaire de bêtes féroces.

TIMON.

Comment l'âne a-t-il brisé les murailles, et pourquoi n'es-tu pas resté dans la cité ?

APÉMANTUS.

Voici venir un poëte et un peintre ! Peste soit de la compagnie ! Je craindrais d'en être atteint. Quand je n'aurai rien de mieux à faire, je viendrai te revoir.

TIMON.

Quand il n'y aura plus rien de vivant que toi, tu seras le bien-
venu.   J'aimerais mieux être le chien d'un mendiant, que d'être
Apémantus.

APÉMANTUS.

Des insensés vivants, tu restes le plus fou.

TIMON.

Te cracherais au nez si pouvais trouver où
Proprement remiser sur ton nez ma salive.

APÉMANTUS.

Foin de tous tes propos, foin de ton invective !
Tu ne vaux vraiment pas ma malédiction.

TIMON.

Près de toi, les gredins ont de l'attraction.

APÉMANTUS.

Pareille à ton langage il n'est aucune peste !

TIMON.

Vilain chien ! chien hargneux ! je te battrais malpeste !
Si je ne craignais trop de me salir les mains !

APÉMANTUS.

Si ma langue pouvait par des propos soudains
Te les trancher tes mains, je creverais de joie.

TIMON.

Hors d'ici, chien lépreux, va-t-en hors de ma voie !
La colère me prend en te voyant vivant,
Se soulève mon cœur rien qu'en t'appercevant.

APÉMANTUS.

Je voudrais te voir mort.

TIMON.

Va-t-en, sus en arrière !
Tu ne vaux pas pour toi que dépense une pierre !

(*Il lui jette un caillou.*)

APÉMANTUS.

Bête sauvage !...

TIMON.

Esclave !...

APÉMANTUS.

Affreux crapaud ! Horreur !

TIMON.

Ignoble scélérat !...

(*Apémantus fait mine de s'en aller.*)

De ce monde menteur
Je ne veux rien aimer,—que les simples racines,
Croissant à sa surface au milieu des ruines.
Allons Timon, allons prépare ton tombeau
Qu'il soit près de la mer, et que de la mer l'eau
Le baigne chaque jour ;—fais-moi ton épitaphe,
Avant que soit peuplé ton dernier cénotaphe,
Et sache faire enfin que madame ta mort
Soit de tous la satire, et sujet de discord.

(*Regardant complaisamment son or.*)

O toi, jaune métal, ô toi doux régicide,
Dont l'appât fait parfois d'un fils un parricide,
Toi du lit nuptial, toi brillant corrupteur,
Toi plus audacieux que Mars le grand vainqueur,
Agent d'amour, toujours jeune, et plein de puissance,
Toi qui séduit, corrompt la plus pure innocence,
Qui souillerait la neige et la peau de satin
De Diane la chaste, et ternirait son sein,
Toi Dieu visible qui rend même l'impossible
Possible, quand tu veux ; toi le seul infaillible !
Toi le seul impossible, ô toi l'aimant des cœurs
De l'homme, ton esclave allume les ardeurs,

P

Attise la discorde, et de par ta puissance
Détruis l'espèce humaine, une vilaine engeance....
Et l'empire du monde à la brute soit-il !

APÉMANTUS.

Que s'exauce ton vœu, car c'est un vœu viril.
Mais j'aimerais mourir avant cette débâcle.
Moi je vais de ce pas me poser en oracle,
Et proclamer partout que Timon a de l'or,
La foule des flatteurs, tu vas la voir encor !

TIMON.

Des hommes, me dis-tu, me reviendrait la foule ?

APÉMANTUS.

L'or a vertu d'aimant, et la foule se roule
Où coulent les flots d'or.

TIMON.

Sus ! tourne-moi le dos.

APÉMANTUS.

Vis, et dans la misère abasoudis tes os.

TIMON.

Vis, ou meurs avec elle.
                    (*Sort Apémantus.*)
                    Oh ! mange tes racines
Timon ! Des hommes fuis les ronces, les épines....
Mais... Des hommes encor qui viennent m'affronter ?
Que peuvent-ils vouloir en ces lieux convoiter ?

Entrent DES VOLEURS.

PREMIER VOLEUR.

Où peut-il avoir volé cet or ? Sans doute ce sont quelques
misérables résidus, quelques vieux débris de son ancienne
opulence. La disette d'argent, l'abandon de ses amis l'auront
conduit à cet état de mélancolie.

DEUXIÈME VOLEUR.

Le bruit court qu'il possède un immense trésor.

TROISIÈME VOLEUR.

Essayons-le. S'il ne fait plus de cas de l'or, il nous l'abandonnera facilement ; mais si c'est son idée de le conserver, comment l'aurons-nous son or ?

DEUXIÈME VOLEUR.

Oui, tu as raison, car il ne le porte pas sur lui ; son trésor est caché.

PREMIER VOLEUR.

N'est-ce pas lui ?

LES AUTRES VOLEURS.

Où ?

DEUXIÈME VOLEUR.

Le voilà tel qu'on nous la décrit.

TROISIÈME VOLEUR.

C'est lui tout craché.... je le reconnais.

LES VOLEURS.

Dieu te garde Timon !

TIMON.

Que me voulez-vous, voleurs ?

LES VOLEURS.

Nous sommes des soldats et non pas des voleurs !

TIMON.

Tous les deux à la fois, et qui pis est nés de femmes !

LES VOLEURS.

Nous ne sommes pas des voleurs, mais des hommes que tourmente la faim.

TIMON.

Que tourmente la faim ?   Eh ! mais c'est de la viande
Que vous voulez avoir, dont votre âme est friande !
Et pourquoi cette faim ?   La terre autour de nous
Répand ses dons à flots, ce sont de vrais bijoux,
De son sein bienfaisant cent ruisseaux d'une eau vive
Sortent incessamment qui chacun vous ravive,
Ces chênes à l'envi vous prodiguent du gland,
Ces bruyères aussi, vous en offrent autant ;
Sur leurs buissons charmants vous verse la nature
Abondante moisson, divine nourriture
Pourquoi donc avoir faim ?

PREMIER VOLEUR.

Eh ! nous ne pourrions pas
Sur des mets si légers les asseoir nos repas !
Nous faudrait-il donc vivre et d'eau, de fruits sauvages,
Comme bêtes, oiseaux, poissons et coquillages ?

TIMON.

Oh ! vous ne pouvez pas vivre sur les poissons,
Sur les bêtes non plus, du sol ni sur les fonds,
Il vous faut à tout prix à vous manger de l'homme,
Vous tous, chacun de vous est parfait gastronome,
Tous, vous vous annoncez comme de vils voleurs,
La marque des vertus, ne vous fait pas meilleurs,
Vous êtes francs coquins .... Moi j'aime la franchise,
Je vous trouve charmants, et je vous idolise !
Brigands ! voici, tenez, voici pour vous de l'or,
Allez, buvez le sang de la grappe .... un trésor !...
Allez ! soulez-vous en !... qu'il allume en vos veines,
L'oubli de tous les maux—qu'il excite vos haines,
Dussiez-vous en payer le total au gibet !
Ne vous confiez pas au docteur, s'il vous plaît !
Car, c'est un vrai poison, dà ! que son antidote,
Il commet, voyez-vous, dans ces vers je le note,

Bien plus d'assassinats, que ne faites de vols
Car il vole la vie et ses plus doux bémols.
Votre profession est la scélératesse,
Exercez là morbleu! c'est plaisir, c'est liesse,
Je veux moi vous prouver certes par A—plus B
Que votre doux métier n'est métier prohibé.
Tout vole, voyez-vous, oui, tout dans la nature
A la bosse du vol, oui, tout je vous le jure!
Le chaud soleil d'abord il vole l'océan,
La lune, sans pudeur du soleil au cadran
Vole les doux reflets de sa pâle lumière;
Des rivages la mer envahit la poussière
Et la réduit en flots, la terre—une catin
Vole sa nourriture, et c'est par le butin
Qu'elle fait chaque jour d'animales substances,
Qu'elle produit et donne à tous ses espérances!
Tout enfin est brigand, oui Mesdames les lois
Dont le joug vous châtie et déchire à la fois.
L'amitié parmi vous, certe est une chimère,
Vous êtes frères, mais frères de la misère....
Nul ami parmi vous....Allez! voici de l'or!
Volez-vous l'un et l'autre—encor, toujours encor!
Egorgez sans pitié....De l'or, je vous en donne,
Allez! volez partout, et n'épargnez personne!
De vers Athène allez! sus! aux Athéniens!
Ce sont tous des voleurs, ce sont tous des vauriens!
Allez! voilà de l'or!... que cet or là vous perde!...
Que tous il vous confonde! Allez-vous en....et M....! (¹)

(*Il les quitte, et se retire dans sa caverne.*)

TROISIÈME VOLEUR.

En voulant me faire aimer ma profession, le charme de son
discours m'en a presque dégoûté.

(¹) Ici doit être écrite, dans la pensée du lecteur, la seule rime qui
existe au mot *perde*. Le fameux mot de Cambronne ressuscité avec
tant d'énergie par Victor Hugo dans "Les Misérables."—C. DE C.

PREMIER VOLEUR.

Ce n'est pas le désir que nous prospérions dans notre art qui lui a dicté ces conseils, c'est la haine des hommes !

DEUXIÈME VOLEUR.

Je le croirai comme un ennemi ; et je dis adieu à ma profession.

PREMIER VOLEUR.

Attendons que dans Athènes nous revoyons la paix ; il n'est pas de temps si misérable où l'homme ne puisse être honnête !

(Sortent les Voleurs.)

Entre FLAVIUS.

FLAVIUS.

Oh ! Dieux ! Est-ce bien là, mon maître mon Seigneur !
Dans cet état piteux d'opprobre et de malheur !
Monument étonnant de bienfaits, de largesses,
Prodigués aux méchants, nés sans délicatesses !
Quel changement d'humeur !... ainsi qu'on peut le voir,
Ont produit l'indigence, aussi le désespoir !
Quoi de plus vil, hélas ! que les amis sur terre,
S'ils mènent leurs amis à si triste misère ?
Quel siècle que celui qui veut qu'un ennemi
Soit plus caressé que son bien plus cher ami ?
Puissè-je ne jamais accorder ma tendresse
Qu'à qui me veut du mal, plutôt que ma caresse ;
Son œil m'a vu, je vais lui présenter d'honneur
Et ma vie et mon zèle, en un mot ma douleur,
Cher maître !...

TIMON *(sortant de sa cave).*

Loin d'ici ! Ne veux te reconnaître,
Au diable ! sus ! va-t-en—va-t'en te faire paître !

FLAVIUS.

Mon doux et cher Seigneur ! Ne connaissez vous plus
Votre pauvre intendant, le pauvre Flavius ?
M'avez-vous oublié ?... cela pourrait-il être ?

TIMON.

Des hommes je ne veux plus un seul en connaître.

FLAVIUS.

Mais cher maître je fus votre humble serviteur,
Et je vous ai servi toujours avec honneur.

TIMON.

Jamais auprès de moi n'eus que de la racaille,
Que des maîtres fripons et que de la canaille !

FLAVIUS.

O mon noble Seigneur ! me sont témoins les Dieux
Combien sur vos malheurs ils ont pleuré mes yeux !

TIMON.

Tu pleures Flavius ! viens près de moi, je t'aime.
Sur toi je ne saurais déverser l'anathème,
Aux sentiments humains puisque s'ouvre ton cœur,
Et que toi tu deviens courtisan du malheur !
Oh ! bien étranges temps, où la pitié honnie,
Dans le cœur des mortels est à jamais bannie !

FLAVIUS.

Mon bon maître ! agréez ma sincère douleur,
Auprès de vous daignez m'admettre en serviteur,
Je n'ai que bien peu d'or, prenez-le, je vous prie,
Que je sois l'intendant de votre pénurie.

TIMON.

Honnête et juste, et moi j'avais un intendant
Aussi compatissant, quoique mon dépendant !
Ceci vient la changer mon humeur si sauvage,
Approche près de moi, je veux voir ton visage !
Cet homme est pourtant né d'une femme.... Grands Dieux !
Daignez me pardonner mes sacrilèges vœux !
Sans une exception, moi je maudissais l'homme,
Et j'en trouve un d'honnête.... et.... c'est mon économe !...

Toute l'humanité je voulais la hair . . . .
Et toi—toi Flavius, tu viens me démentir
Tu te rachètes toi ! . . . Mais vois-tu bien j'assomme
De malédictions, hormis toi . . . . l'espèce homme !
Après tout, m'est avis, ta rare probité
N'est pas de la sagesse, et c'est la vérité !
Car en me trahissant, tu faisais ton bien-être,
Et tu te frayais voie auprès d'un second maître !
En passant sur le corps de son premier seigneur,
C'est la règle, au pinacle arrive un serviteur !
Mais parle vrai, dis-moi, toute cette tendresse
Las ! N'est-elle pas feinte, usuraire et traîtresse,
Comme celle du riche ? . . . Un facile hameçon
Pour pouvoir recueillir plus fertile moisson ?

FLAVIUS.

Oh ! non, mon digne maître ! hélas ! la défiance
Et le soupçon ont fait chez vous leur apparence,
Quand il était trop tard ; c'était dans le bonheur
Lorsque ces beaux festins les offriez, Seigneur,
A d'infâmes ingrats, qu'eussiez dû, par prudence,
Dans votre noble cœur placer la défiance.
Mais après la ruine . . . . il vient las ! le soupçon,
De notre humanité c'est la triste leçon.
Le ciel m'en est témoin, le but de ma présence
Ici, c'est pur amour, ayez en conscience ;
C'est mon attachement à votre âme Seigneur,
C'est désinteressé, zèle de serviteur,
Le plaisir de vous voir heureux encore et riche
Serait ma récompense et du bonheur la fiche !

TIMON.

Honnête homme ! . . . et le seul ! . . . sois heureux ! sois heureux !
Tiens ! prends, voilà de l'or !   Te protègent les Dieux !
Un trésor ! . . . Il surgit pour toi de ma misère !
Toi seul, homme de bien, sois riche, heureux, prospère !

Mais des hommes au loin va bâtir ta maison !
Hais-les tous, maudis les tous, oh ! c'est de saison !
Ne montre de pitié pour aucun, pour personne,
Plutôt que secourir le mendiant, sus donne,
La nourriture aux chiens—sus ! à l'humanité !
L'humanité !... ce n'est que la perversité !
Sois heureux !

FLAVIUS.

Oh ! souffrez ! que je reste, ô mon maître !
Avec vous, je pourrais vous consoler .... peut-être !

TIMON.

Fuis ! si jamais tu crains les malédictions,
Les hommes ne les vois, ce sont corruptions !
Mais que, non jamais plus, revienne ta personne,
Ma bénédiction, à ce prix te la donne.

(*Timon rentre dans sa caverne. Flavius sort d'un autre côté.*)

FIN DU QUATRIÈME ACTE.

Q

ACTE V.

SCÈNE I.

Les Bois. Devant la Caverne de Timon.

Entrent LE PEINTRE *et* LE POËTE. TIMON *à l'écart non apperçu.*

LE PEINTRE.

Si je me suis bien informé du lieu, nous devons être très près de sa demeure.

LE POËTE.

Que devons-nous penser de lui ? En croirons-nous les on dit, qui le font regorger d'or.

LE PEINTRE.

Qu'il regorge d'or, cela paraît certain. Alcibiade le dit; Phrynia et Timandra ont reçu de l'or de lui ; il a enrichi aussi de pauvres diables de soldats maraudeurs, qu'il a traité pourtant de voleurs ; et le bruit court de plus qu'il a fait un présent considérable à son ex-intendant.

LE POËTE.

Alors sa prétendue banqueroute n'était qu'un artifice pour éprouver la fidélité de ses amis.

LE PEINTRE.

Rien autre. Vous le verrez encore fleurir dans Athènes, et briller parmi les plus opulents; ainsi c'est de bonne guerre d'aller lui offrir nos hommages dans son infortune apparente ; ce sera de notre part une démarche honnête ; et il ne faut pas surtout oublier l'objet de notre visite, qui est de savoir pertinemment s'il est aussi riche qu'on le dit.

LE POËTE.

Qu'avez-vous maintenant à lui présenter ?

LE PEINTRE.

Rien, pour le moment que ma personne, mais je lui promettrai quelque chef-d'œuvre.

LE POËTE.

J'ai envie de le payer de la même monnaie, et de lui dire que je prépare un certain ouvrage pour lui.

LE PEINTRE.

C'est tout ce qu'il faut ; promettre est le ton du siècle. La promesse tient éveillée l'espérance qui engourdit et tue l'accomplissement de sa parole. Tenir et promettre sont deux. Tenir n'est plus en usage que parmi les gens du peuple. Promettre est plus gentil, plus fashionable ! Tenir sa promesse, c'est faire son testament ; cela annonce toujours une grande maladie dans le jugement.

TIMON (à part).

Excellent artiste ! Tu ne pourrais jamais peindre un homme plus méchant que toi !

LE POËTE.

Je rêve l'ouvrage que je lui dirai avoir préparé pour lui. Il faut qu'il en soit lui-même le héros. Ce sera une satire contre la molesse de la prospérité ; contre la fortune, et un épitomé des flatteries qui assaillent la jeunesse et l'opulence.

TIMON (à part).

Faut-il que tu fasses le rôle de fripon, dans ton propre ouvrage ? Feras-tu sous le nom d'autrui la satire de tes vices et de toi-même ? Va, écris, j'ai de l'or pour toi.

LE POËTE.

Mais cherchons le d'abord, il nous faut le trouver,
Pour nous, c'est un succès qu'il nous faut enlever ;

Nous pêchons tous les deux contre notre fortune,
Si nous ne sachons pas empaumer sa pécune.

TIMON (à part).

Mes drôles!...je m'en vais vous rejoindre bientôt!
Quel Dieu donc est cet or dont le culte prévaut!
Qu'on adore partout de par ce vaste monde,
Dont le temple s'impose où l'animal immonde
Ne prendrait son manger—dans des lieux plus abjects
Du cœur des vils humains dans les replis infects.
Or!...c'est toi, c'est toi seul qui fais surgir la flotte
Sur l'écumante mer qui se plaît, se dorlotte,
L'esclave et le plus vil tu l'induis de respect,
Tu fais que tout s'émeut, s'incline à ton aspect,
Adonc sois des mortels abominable idole
Adorée à jamais.... Mais, moi, sur ma parole,
De ton culte les gens je les voue aux fléaux,
Aux fléaux incessants, enfin à tous les maux,
Mais il est temps, je crois, moi que je les aborde.

(Il s'avance vers eux.)

LE POËTE.

Salut, noble Timon!

LE PEINTRE.

Que la paix, la concorde
Soient cher maître avec vous.

TIMON.

Aurais-je assez vécu
Pour voir près de moi deux modèles de vertu,
Oui, deux honnêtes gens?

LE POËTE.

De votre seigneurie
Nous, qui souventefois, le dis sans flatterie
Reçumes les bontés,—tous deux, ayant appris
Votre retraite,—aussi de vos meilleurs amis

Las! la désertion, oh! les vilaines âmes!
Le ciel n'a pas assez de châtiments infâmes
Pour les punir jamais de leurs torts envers vous,
Vous bienfaisante pluie, et qui pleuviez sur nous!
A ces cruels pensers je ne saurais vous taire
Envers tous ces ingrats quelle elle est ma colère!

TIMON.

Laissez-moi ces ingrats,—Vous—votre probité
Montrera plus ignoble encor leur nudité!

LE PEINTRE.

Lui! mon collègue et moi, j'en ai la certitude,
Nous vous devons à Vous, tribut de gratitude,
C'est grâce à vous, Seigneur! à vos nobles bienfaits
Que dans la vie avons obtenu des succès.

TIMON.

Honnêtes ! Honnêtes Gens

LE PEINTRE.

Venons sous ces auspices,
A vous, noble Timon, les offrir nos services !
Nos services, aussi ce qui pourrait venir
Un solace au malheur, quoiqu'il puisse advenir.

TIMON.

Honnêtes ! Honnêtes Gens ! Douces âmes honnêtes,
Ah ! que vous savez bien les calmer les tempêtes !
Que puis-je vous offrir ?... Je n'ai las ! que de l'eau,
Des racines aussi, mais, çà n'a rien de beau.

LE PEINTRE ET LE POËTE.

Nous ferons tous les deux ce que nous pourrons faire
Pour vous.

TIMON (au Peintre).

Bien ! c'est très bien. Maintenant autre affaire !
Tous deux avez appris que moi, j'avais de l'or,
Soyez honnêtes gens !... Vous guignez mon trésor !...

LE PEINTRE.

Oh ! très.noble Timon, nous avons par ouï dire,
Appris que vous aviez encor de l'or—mon dire,
Mais certes le croirai ; ce n'est pas ce motif
Qui vers votre logis fut notre indicatif.

TIMON (*au Peintre*).

Homme de bien !   Toi, certe est le seul dans Athènes,
Qui soit capable faire, et sans les moindres peines,
Ainsi que toi semblant, un superbe portrait ;
Vie et réalité !... c'est ton faire !... Il est fait !
Des artistes connus, toi tu trônes suprême
Et la nature—toi !.. —Toi tu l'a fais au même.

LE PEINTRE.

Vous me flattez, Seigneur !

TIMON.

Ainsi que je le dis,
Je le pense vraiment.
(*S'adressant au Poëte.*)
Et toi, de mes amis !
Toi ! dans tes fictions, ton vers est si nature,
Qu'il semble l'ornement de la vérité pure !
Oh ! mes dignes amis ! et cependant il faut
Que vous le dise, moi—vous avez un défaut,
Mais un défaut, de fait !... oh ! d'humeur si légère,
Qu'il n'est besoin vraiment du tout de s'en défaire.

LE POËTE ET LE PEINTRE.

Faites-nous le connaître, ô mon digne Seigneur !

TIMON.

Vous le prendrez à mal, ou du moins j'en ai peur !

LE POËTE ET LE PEINTRE.

Au contraire, Seigneur, avec reconnaissance
Votre juste verdict, nous l'acceptons d'avance.

TIMON.

Vrai ! sérieusement parlez-vous ? par ma foi !

LE POËTE ET LE PEINTRE.

N'en doutez pas, Seigneur.

TIMON.

C'est que, je le crois moi

Il n'est pas un coquin qui souvent ne se fie
A coquin plus que lui—qui même s'y confie :
Je dis ça, pour vous deux.

LE PEINTRE ET LE POËTE.

Quoi ! pour nous deux, Seigneur !

TIMON.

Certe oui, pour vous deux.   Vous voyez l'imposteur
Vous flatter bassement, pour vous se contrefaire,
Vous connaissez très bien l'imposture grossière,
Et vous le caressez, et vous le nourissez,
Et même en votre sein souvent le réchauffez ;
Soyez pourtant bien sûrs que c'est une vipère,
Que plus vil scélérat n'existe pas sur terre.

LE PEINTRE.

Je ne connais, Seigneur, personne par le fait,
Qui de près ou de loin ressemble à tel portrait.

LE POËTE.

Ni moi !

TIMON.

Vous le savez, tous les deux je vous aime,
A vous bien recevoir j'ai pris plaisir extrême,
Et je vous ai souvent aussi donné de l'or ;
Eh bien ! vous en aurez, vous en aurez encór,
Mais pour Dieu ! chassez-moi de votre compagnie,
Le fourbe et l'hypocrite, et leur vile mégnie,

Étranglez-moi ces gens, ou bien poignardez-les,
Exterminez-les tous, et puis venez après
Me narrer vos exploits, aussitôt.... d'aventure,
Et je vous donnerai beaucoup d'or—je vous jure !

LE PEINTRE ET LE POËTE.

Nommez-les, cher Seigneur, nommez, nommez-les nous !

TIMON.

Placez-vous ici—Vous—et placez-vous là—Vous !
Sans aucun compagnon, sans la moindre mégnie,
Eh ! bien ! chacun de vous est dans la compagnie
D'un fripon passé maître, et d'un hideux coquin.

(au Peintre.)

Si tu fuis deux coquins, vite fuis ton voisin.

(au Poëte.)

Si tu haïs le contact d'un affreux hypocrite,
Fuis bien loin de cet homme, un fourbe, un parasite....

(Saisissant un bâton, et les frappant.)

Mes drôles hors d'ici,—tenez voilà de l'or,
Vous veniez en chercher, je vous en donne encor !
Bien ! vous êtes payés !... vous êtes alchimistes,
Convertissez en or ces coups, vilains sophistes !
Loin d'ici vile engeance, allez-vous en mes gueux
Et de mon traitement consolez-vous tous deux.

(Timon rentre dans sa caverne.)

SCENE II.

Même lieu.

Entrent FLAVIUS *et* DEUX SÉNATEURS.

FLAVIUS.

Bien en vain de Timon vous tenterez l'approche,
Son cœur est devenu pierre, ou bien plutôt roche,
Il est tout cuirassé de ceinture d'airain,
Se déteste lui-même, et hait le genre humain.

B

PREMIER SÉNATEUR.

Flavius ! conduis-nous de suite à sa caverne,
Tout exercé qu'il soit mon œil ne la discerne ;
Nous avons au Sénat promis de lui parler,
Devant notre mandat ne devons reculer.

DEUXIÈME SÉNATEUR.

Les hommes ne sont pas dans des moments suprêmes,
Ce qu'ils sont quelquefois dà ! dans la vie .... eux-mêmes !
L'ont écarté de nous le temps, et le chagrin,
Le temps en lui faisant soudain meilleur destin,
Peut ses premiers beaux jours les réveiller par chance,
Et le ressusciter à la douce espérance.
Advienne que pourra ! va, vers lui conduis-nous.

FLAVIUS.

Sa caverne est ici—Tenez ! la voyez-vous ?
O cher Seigneur Timon ! La paix, la confiance
Dans votre humble séjour restent en permanence,
Timon ! Seigneur Timon parlez à vos amis,
Le Sénat les envoie, et n'en soyez surpris,
Pour obtenir de vous un moment d'audience.

TIMON (*sortant de sa caverne*).

Soleil ! n'échauffe pas ! brûle avec violence.
                    (*Aux Sénateurs*).
Vous autres, oh ! parlez !—Pour chaque vérité !
Qu'il vous plaira d'émettre .... anti-félicité !
Et qu'à chacun de vous, et pour chaque mensonge,
Qu'un feu contagieux votre langue la ronge.

PREMIER SÉNATEUR.

Digne Timon !

TIMON.

              Pas plus digne de tes pareils
Que ne l'es de Timon ni toi, ni tes conseils !

DEUXIÈME SÉNATEUR.

Vous saluent cher Timon les Sénateurs d'Athènes !

TIMON.

Profonds remerciments !   En retour de leurs peines
Si de la peste je régissais le fléau,
A chacun comme à tous l'enverrais à nouveau !

PREMIER SÉNATEUR.

En bonne conscience, oubliez une injure,
Que tous nous regrettons, le Sénat vous assure
Vous rappelle en ce jour d'une unanime accord,
A nouveau cette fois sera beau votre sort,
Certaines dignités, par nous vous sont offertes,
Elles ont leur valeur, ne les refusez certes.

DEUXIÈME SÉNATEUR.

Ils disent, qu'envers vous, ils en font tous l'aveu,
Qu'ils furent des ingrats ; mais maintenant leur vœu
Est vous voir revenir.   Tous, ils savent qu' Athènes
Le peuple et le Sénat—pour vous n'ont plus de haines,
Ont de votre secours un immense besoin,
Moi-même je le sais, et m'en porte témoin !
A force de bontés et d'honneurs—leurs offenses
Trouveront à vos yeux de nobles indulgences....
Venez-nous, venez-nous, leurs amitiés bientôt
Vous, feront oublier de vos chagrins le flot.

TIMON.

Vos offres, Sénateurs ! oh ! me comblent de joie
Je suis prêt, voyez-vous, à pleurer comme une oie,
Oh ! les yeux d'une femme, aussi le cœur d'un fou
Daignez me les prêter, alors—je ne sais où
Ils iront tous mes pleurs courir leurs prétentaines.

PREMIER SÉNATEUR.

Daignez donc revenir au pouvoir dans Athènes !
Vous y commanderez, le peuple avec transport
Votre nom révéré, d'un seul et même accord

L'accueillera soudain .... Vous .... venant à notre aide,
Il faudra bien qu' enfin Alcibiade cède,
Alcibiade qui, comme un loup carnassier
Vient de notre patrie éteindre le foyer.

DEUXIÈME SÉNATEUR.

Déjà devant nos murs son épée étincelle !

PREMIER SÉNATEUR.

A notre voix, Timon, ne soyez pas rebelle.

TIMON.

Adonc, oui, Sénateurs, adonc je le veux bien :
Au bout du compte, car je suis Athénien.
Si mes concitoyens les tue Alcibiade
Je m'en fiche pas mal !   La chose les regarde !
S'il met Athène à sac !   Eh ! que-fait à Timon ?
Si de vos vieux remparts, il fait un vil limon,
Eh ! que fait à Timon ? ... S'il outrage les vierges
Si vos patriciens, ils passent sous ses verges,
Eh ! que fait à Timon ? ... qu'il sévisse à son gré
Ce cher Alcibiade ! ... Il est rusé, madré !
Tant que pourrez donner la pature à ses glaives,
Dans la mort endormez-moi tous vos derniers rêves !
Quand à moi je préfère au plus noble vieillard
D'Athènes, le plus vil, le plus hideux soudard !
A la garde des Dieux donc je vous abandonne,
Comme infâmes voleurs, et point ne vous pardonne.

FLAVIUS.

Ne restez plus longtemps vous parleriez en vain.

TIMON.

Je fais mon épitaphe, on la verra demain.
Dans le néant de tout je retrouve la vie,
J'en vais bientôt guérir, c'est sort digne d'envie !
Qu' Alcibiade soit de vous tous le fléau,
Soyez à votre tour son fléau, son fardeau,

Et tous vivez longtemps, pour longtemps vous maudire....
A présent laissez-moi, je vous ai dit mon dire.

PREMIER SÉNATEUR.

Oh! nous parlons en vain !

TIMON.

Et j'aime cependant
Ma patrie—et ne suis pas assez discordant
Pour du malheur public tirer réjouissance,
Comme on en fait courir le bruit.

PREMIER SÉNATEUR.

Bien dit !

TIMON.

J'y pense,
A mes concitoyens, vous recommandez-moi.

PREMIER SÉNATEUR.

Ah ! ces paroles sont argent de bon aloi,
Elles sont dignes, oui, de passer par vos lèvres,
Et de votre délire annihilent les fièvres.

DEUXIÈME SÉNATEUR.

Ces paroles sont baume et charme à notre cœur,
C'est l'accent d'un héros, de lui triomphateur !
Elle sont pour nous tous bienfaisantes merveilles
Qui viennent doucement délecter nos oreilles.

TIMON.

Recommandez Timon à vos Athéniens,
Aux jeunes aussi bien qu'aux vieux, aux plus anciens.
Dites leur bien que pour les consoler les peines
Qui peuvent un matin pleuvoir sur notre Athènes,
Pour apporter solace à leurs pauvres amours
Et pour guérir les maux de leurs nuits, de leurs jours,

Je puis leur donner dà par pure bienveillance
Un conseil salutaire et de grande importance,
Qui les préservera certes de la fureur
D'Alcibiade, au cas qu'il resterait vainqueur.

DEUXIÈME SÉNATEUR.

Ceci me plaît assez, je ne saurais le taire,
Il va se rendre.... Oh! c'est un bonheur que j'espère!

TIMON.

J'ai voyez-vous un arbre, ici, dans mon enclos,
De l'existence au quel je veux donner campos.
Dites à mes amis, à ceux que plus j'estime,
Que cet arbre, je vais de son tronc à la cime,
Le détacher du sol, l'abattre après demain;
Et que si quelques uns d'entr'eux ont soif, ont faim
De sortir de ce monde ignoble, et de se pendre,
Ils s'empressent chez moi vitement de se rendre.

FLAVIUS.

Ne l'ennuyez, il est toujours de cette humeur.

TIMON.

Vers moi, ne revenez : inutile, d'honneur!
Dites si vous voulez à la ville d'Athènes,
Que Timon maintenant a posé ses domaines
Sur les bords écumeux de la rugueuse mer;
La houle turbulente avec son flot amer
De sa tombe bientôt en lavant l'habitacle
A chaque heure du jour viendra rendre un oracle,
Mes lèvres fermez-vous, éteignez-vous ma voix!
Peste! réforme enfin les abus d'autrefois!
Que de l'homme le sort soit de creuser sa tombe,
Et dans la fleur des ans, épuisé qu'il y tombe!
Cache-moi tes rayons, éblouissant soleil!
Le règne de Timon, n'aura pas de réveil!

(*Il se retire dans sa caverne.*)

PREMIER SÉNATEUR.

Sa haine invétérée, est, et reste intraitable.

DEUXIÈME SÉNATEUR.

Notre espoir est déçu.   Ciel ! sois-nous secourable,
Et d'Athènes détourne un imminent danger.

PREMIER SÉNATEUR.

Il faut un prompt secours, il nous faut y songer.   (*Ils sortent.*)

SCÈNE III.

Sous les murs d'Athènes.

Entrent DEUX SÉNATEURS *et* UN MESSAGER.

PREMIER SÉNATEUR (*au Messager*).

Dis-nous le, son armée est elle aussi nombreuse
Qu'on le prétend ?

LE MESSAGER.

Oui, certe, on l'a dit valeureuse,
Et qui pis est, encor, c'est que de nos murs près,
En ordre elle s'avance, escomptant ses succès.

DEUXIÈME SÉNATEUR.

Si ne vient pas Timon, si l'on ne le ramène,
Nous courons grand péril, est compromise Athène !

LE MESSAGER.

En chemin, j'ai trouvé de mes bons vieux amis
Un courier, de Timon se rendant au logis ;
Il venait, très pressé, du camp d'Alcibiade
De dépêches porteur.   Mon ancien camarade
M'a dit que de Timon il demandait l'appui
Contre votre cité, pour se joindre avec lui.

Entrent LES SÉNATEURS *envoyés vers Timon.*

PREMIER SÉNATEUR.

Voici venir à nous, enfin, nos deux chers frères.

TROISIÈME SÉNATEUR.

De Timon n'attendez plus rien que des colères !
Déjà d'Alcibiade on entend les tambours,
Rentrons, préparons-nous, il y va de nos jours.
Des ennemis, je crains que ne soyons la proie
Que bientôt jusqu'à nous, ils ne se frayent voie.   (*Ils sortent.*)

SCÈNE IV.

Les Bois.   La Caverne de Timon, un tertre degazon au-dessus
une pierre.

Entre UN SOLDAT *à la recherche de Timon.*

LE SOLDAT.

Si, suis bien renseigné, ce doit être le lieu
Où dois trouver Timon—il n'est pas de milieu !
Holà ! quelqu'un ! parlez !...Parlez vite, et d'urgence !
Mais nul ne me répond, que la voix du silence !
Certes, Timon est mort !   Sûrement, il est mort !
Nul vivant n'est ici !   D'espérer j'avais tort
Ah ! voilà son tombeau ! que vois-je sur la pierre ?
Je ne puis le savoir, car moi, je ne lis guère ....
Mais cette inscription, je vais la relever
Sur la cire, et je vais ainsi la préserver ....
A notre Général, je la ferai connaître,
Il connaît tout—dans tout est plus que passé maître !...
Si jeune !...Il en a tant des vieillards le savoir !
Ah ! s'il assiège Athène—il croit de son devoir
De le venger Timon.—La mort d'un camarade
Eteindra le courroux du noble Alcibiade !   (*Il sort.*)

SCÈNE V.

Devant les murs d'Athènes.

Les trompettes sonnent.

Entre ALCIBIADE *à la tête de ses troupes.*

ALCIBIADE.

Que la trompette annonce à l'infâme cité,
A ses vils habitants, fous de lubricité,
De nos forces l'approche.

Les SÉNATEURS *paraissent sur les murs.* ALCIBIADE *leur
addresse la parole.*

ALCIBIADE.

Oh ! vous de vos désordres
Jusqu'ici vous n'avez su nous faire des—ordres !
Vos jours ! Ils n'ont été qu'une suite d'abus...
D'abus d'autorité !...J'en dirais encor plus !...
Jusqu'à présent, nous tous, qui sommeillaient à l'ombre
De votre vil pouvoir,—l'avons, d'un regard sombre
Vu s'agrandir, oh ! mais ! avec des bras oisifs
Exhalant nos soupirs, restés inoffensifs !
Est venu le moment où la bête de somme
Trop longtemps sous le joug, se lève et devient homme !
C'est assez !... La vengeance ! Elle !... elle aura son tour ;
Le despotisme est mort ! Voici venir le jour
Où la guerre acharnée, en répandant sa rage
Ira vous inonder de sang et de carnage,
Nous allons nous ruer avec rare fureur
Dans vos murs, y semer l'horreur et la terreur.

PREMIER SÉNATEUR.

Jeune et noble guerrier ! Lorsque tes doléances
N'étaient au prime abord, rien que des malveillances,
Bien avant que la force eut été le grappin
Que pusses invoquer pour nous soumettre enfin,

S

Nous avons envoyé—j'en ai la certitude,
Vers toi, pour te donner marque de gratitude ;
Dis-moi ! pourrais-tu donc n'en avoir souvenir !

DEUXIÈME SÉNATEUR.

Nous avons tous, aussi, dans notre repentir
Envoyé vers Timon, pour effacer l'injure
Qu' Athène avait commise, et sans dessein, le jure !
En un mot, nous n'avons pas tous été cruels,
Et ne sommes pas tous, envers toi criminels !

PREMIER SÉNATEUR.

Ceux qui, dans l'autrefois, ont bâti ces murailles
Certes, n'étaient pas eux, des infâmes canailles
Qui voulaient t'offenser ?   Pourquoi laisser les tours
Tomber—Et pourquoi donc sévirais-tu, toujours ?

DEUXIÈME SÉNATEUR.

Ceux qui t'ont exilé, ne vivent plus . . . . la honte
De cet acte odieux a mis fin à leur compte.
O noble Alcibiade ! entre dans nos cités,
Tes drapeaux déployés, mais sans sévérités.
Que, si pourtant chez toi, la soif de la vengeance
Eteint ce sentiment si doux de la clémence,
Prends sur nos habitants la dime de la mort,
Pour nous racheter tous, nul ne plaindra son sort !

PREMIER SÉNATEUR.

Nous n'avons pas été tous envers toi coupables,
Les vengeances en bloc sont des faits déplorables,
Ne doivent les vivants pas payer pour les morts,
Car les morts dans la tombe ont expié leurs torts.
Très cher concitoyen consigne ta colère
Derrière nos remparts, viens à nous comme un frère,
Ne vas pas l'oublier, Athène est ton berceau,
N'en fais de ta famille aujourd'hui le tombeau ;
Ainsi qu'un bon pasteur, entre, viens dans Athènes,
Oubliant à la fois et nos torts et tes haines.

DEUXIÈME SÉNATEUR.

Crois-moi, noble guerrier, crois-moi, sois généreux,
Le pardon d'une injure est agréable aux Dieux.

PREMIER SÉNATEUR.

Seulement du pied frappe, et sus ! s'ouvrent nos portes,
Au nom de l'amitié recevrons tes cohortes.

DEUXIÈME SÉNATEUR.

Jette ton gantelet en gage de ta foi,
Pour venger ton honneur qu'il nous dise que toi
Tu pris les armes, mais, non pas pour nous détruire,
Et sur le champ, nous tous, nous croirons à ton dire,
Et tes soldats pourront s'abriter dans nos murs,
Jusqu'au moment où nous aurons des moyens sûrs
De remplir tes désirs.

ALCIBIADE.

Tenez voilà mon gage.
(*Il jette son gant.*)
Descendez, ouvrez-moi vos portes.... davantage
Ne veux rien exiger de vous, Seigneurs, hormis
Que vous me livrerez les nombreux ennemis
De Timon sur eux seuls tombera la vengeance
Que moi, je veux tirer de leur longue insolence.
Dissipez, croyez-moi, dissipez vos frayeurs ;
Chacun de mes soldats fidèle à ses couleurs,
Se comportera bien ;—si l'un d'eux osait faire
Du désordre.... il aurait châtiment exemplaire.

DEUXIÈME SÉNATEUR.

Sentiments généreux !

ALCIBIADE.

Descendez maintenant,
Tenez votre promesse.
(*Les Sénateurs descendent et ouvrent les portes
de la ville.*)

Entre UN SOLDAT.

LE SOLDAT.

A vous de dévouement
Mon Général ! Timon a fini sa carrière
Sur le rivage, auprès des flots est sa poussière;
J'ai vu ces mots inscrits sur son rude tombeau,
Sur la cire j'ai su les relever... Tout beau !
Mais je ne puis cacher dans cette circonstance—
Que me donne un brevet de profonde ignorance.
Lisez :

ALCIBIADE (*lisant*).

Ci-gît le corps d'un homme malheureux,
Aujourd'hui divorcé d'une âme malheureuse,
Que de chercher mon nom ne soit pas dans tes vœux !
Misérables humains !... que la peste ! une gueuse !
Vous dévore, et vous fasse une fange.... un limon !
Sache qu'en mon vivant, mon moi.... ce fut Timon
            Qui détesta, qui maudit l'homme,
Et tous les hommes.... oui ! par Jupiter Ammon !
Passe toi chemin, ou m'éveille.... et t'assomme ! "

Ces mots, Timon, sont bien tes sentiments.... d'honneur !
La pitié des humains tu l'avais en horreur !
Tu méprisais ces pleurs qu'en nos yeux la nature
Fait quelquefois couler ; et pour ta sépulture
Sur ta tombe tu fais pleuvoir le Dieu des mers
Et te fais inonder de tous ses flots amers !
Puisqu'il est mort Timon, une épique épopée—
Je viens vous apporter et l'olive et l'épée !
Guerre ! Enfante la paix ;... et la paix à toujours !
Allons ! sonnez clairons ! Allons ! battez tambours !

                              (*Ils sortent.*

FIN DU CINQUIÈME ACTE.

OPINIONS DE LA PRESSE

SUR

LES DEUX DERNIERS OUVRAGES

DU

CHEVALIER DE CHATELAIN.

Le *premier*, intitulé " *Les Misérables ; souvenir de 1862. Victor Hugo's new work reviewed for the Jersey Independent*," paru le 31 juillet, 1873, anniversaire de la naissance de notre chère et aimée Dame, Madame Clara de Chatelain. Le *second*, intitulé : " *Les dernières Lueurs d'un Flambeau qui s'éteint*," paru le 19 janvier, 1874, 73me anniversaire de notre naissance à Nous, Chevalier de Chatelain.

Ces deux ouvrages ont paru dans de mauvaises circonstances. A cinq jours de date du 31 juillet, nous partions pour deux mois et demie pour la *New Forest*—notre séjour de prédilection, et nous ne nous occupions en aucune façon de recueillir les opinions de la Presse sur " Notre Revue de l'ouvrage de notre illustre ami Victor Hugo ! " Nous apprenions toutefois par les journaux Français, par les journaux Anglais, les journaux Belges, l'ostracisme jeté sur notre " Revue des Misérables," dont la circulation était interdite en France et *en Navarre*. Ce grand acte était perpétré par l'Illustre Beulé, le 4 septembre, 1873, anniversaire de la Proclamation de la République Française. Au Beulé, à cet homme qui serait le plus méprisable des Chena- pans, si son successeur n'existait pas, son successeur l'affreux Duc de Broglie ! *affreux* au physique autant qu'au moral ! nous avons dit notre dire ;—les traces des coups de fouet par nous administré à ce cuistre, existent encore, les blessures sont encore saignantes, *il ne sait plus comment s'asseoir*—laissons-le refermer ses cicatrices.   Donnons ici le peu d'opinions de la presse, que nous avons pu recueillir, sur notre " Revue des Misérables." Après cela nous raconterons le bon tour par nous joué à Son Excellence le Duc de Broglie—l'homme *spécial*, mais aussi le *plus abominable* du Gouvernement de *Combat !*

PREMIER OUVRAGE :—

Les Misérables ; Souvenir de 1862. VICTOR HUGO'S new work reviewed for the *Jersey Independent*. By the CHEVALIER DE CHATELAIN, London.   Printed for private circulation.

Our gay young friend the Chevalier de Chatelain, who has just reached a charming adolescence of some 72 years or thereabout, appears to be as industrious and as vigorous as ever. In his present production he embalms in print a labour which the scholar, the man of the world, and the student of human nature would not willingly let die, for so masterly an analysis of Victor Hugo's *chef-d'œuvre* has never been before attempted. Indeed, it is rare to find any work, however important or grand in its scope, honoured by a commentary at once so graphic, so exhaustive, and in every way so appreciative. The Chevalier most aptly crowns the wit and wisdom of his great *confrère*, and the time and labour necessary to achieve so grand a labour of love is equally honourable to the essayist and to his object. This *brochure* will have an extra interest for Jerseymen, inasmuch as it was originally written for a local paper, to the readers of which the great French poet and novelist was so well and favourably known. No one should re-read " Les Misérables " without the Chevalier's commentary at hand, for it acts to this work as did the chorus in the Greek Plays, by showing the action of the story, deepening the shadows, throwing up the high lights, and explaining in a most charming manner those subtleties of thought, those inflections of feeling, which too often escape the general reader in the perusal of a novel, which has for a great end the exposition of loftier truths and a deeper morality than is common to the modern romance. Our author takes the opportunity in an Ante-Scriptum and Post-Scriptum to sandwich his work with another protest against the misgovernment of his native country. Like a modern Marius over a nineteenth-century Carthage, like another Jeremiah lamenting over a Gallic Jerusalem, the Chevalier lifts up his mighty voice to bewail the traitorous vampires who so long have sucked, and are still hard at work sucking, the vitality, the prestige, and the material welfare from *la belle France*. Now, the Chevalier is one who "says what he means, and means what he says ; " he blows his trumpet with no uncertain sound ; and hits, like a critical athlete, straight from the shoulder. A determined Republican, a fearless *libre penseur*, the Chevalier sees with grief the ravages which superstition and mal-administration, cupidity and sordid ambition have wrought among the minds, persons and property of his countrymen— and he has devoted his life, if we may judge by his voluminous philippics, to try and remedy such grave abuses. Enjoying a learned leisure in the pure political empyrean of England, like a literary Jove in a moral Olympus, far above and beyond the petty strife and clash of parties, the Chevalier launches his bolts with telling effect upon the heads of his foes. One cannot but wish for a man, evidently so sincere and disinterested some success in his political crusade—but such is the inherent original sinfulness of man, particularly of political man—that we always fear that these potent thunders, admirable both in intention and style, will not be regarded in France with the attention they deserve, and will be powerless to clear the air of the pestiferous influences that now cloud it. As an admirable *résumé* of the present and past state of France, we close this article, not inappropriately, with a copy of a letter just addressed by the author to the President of the National Assembly.

Castelnau Lodge, Warwick Crescent,
Westbourne Terrace Road, W.

Le Chevalier de Chatelain à M. Buffet, Président de l'Assemblée Nationale.

MONSIEUR LE PRÉSIDENT.—Le 19 du présent mois de Juillet, j'ai eu l'honneur de vous envoyer une copie de la première édition de mes "Fleurs des Bords du Rhin," traduction des plus beaux poëmes Allemands, dans cette espérance, que recevant l'hommage d'un livre d'un littérateur de vous probablement inconnu, vous seriez curieux de lire sa préface. Cette préface, une espèce de Biographie de votre très humble serviteur, si vous en avez pris connaissance, vous aura fait voir que depuis 1824, j'ai été sérieusement mêlé à la politique de la France. Condamné en 1830 sous Louis Philippe, pour avoir soutenu dans le *Propagateur de la Gironde*, qu'en 1830 les Chambres n'avaient pas le droit de faire un Roi ; mais c'est le propre de toutes les Assemblées *d'usurper des pouvoirs* qu'elles ne possèdent pas. Ainsi l'Assemblée *dite* Nationale, que vous présidez se prétend *constituante* .... elle ne l'est certes que par *usurpation.*

Le 25 Juillet, je vous ai envoyé ma traduction du beau poëme de M. Charles Kent, "Lamartine en 1848," pour vous prouver que si je sais crier *haro!* sur d'infâmes conspirateurs, je sais aussi franchement admirer.

De là l'envoi que j'ai l'honneur de vous faire, de ma revue des "Misérables" de Victor Hugo, écrite alors pour le *Jersey Independent.* Parce que à la suite de cette revue, se trouve, page 119, ce que j'appelle *La situation de la France, ce jour* 31 *Juillet*, 1873. Vous avez, M. le Président, un beau rôle à remplir, c'est celui de veiller à ce que la conspiration des trois dynasties fourbues et des cléricaux n'abouttisse pas, et ne conduise pas une fois de plus notre patrie aux abîmes.

Quant à cadenasser la pensée, les Beulé, les de Broglie, les Batbie, les Ernoul, n'en viendront pas à bout. La lumière existe, et les ténèbres ne prévaudront pas contre elle.

J'ai envoyé à plusieurs de vos collègues, le pamphlet que vous recevrez aujourd'hui. Si on ne peut faire imprimer la Vérité *en France*, vu les 33 Départements en état de siège, dont jouit votre république sans républicains, on la fait imprimer en Angleterre, en Belgique, en Suisse, ou en Hollande, et le tour est fait ! Grâces au télégraphe électrique de la pensée, on se met en rapport immédiat avec l'univers entier, avec vous même M. le Président, si puis si ce petit livre n'est pas affiché dans les 38,000 communes de France, comme en dépit *des prescriptions formelles de la loi*, a été dernièrement affiché, le Superbe Discours du Duc de Broglie, il est envoyé *à la presse de tous les pays, aux Ambassadeurs de la République Française à l'Étranger*, aux Préfets à poigne, aux hommes politiques, et aux auteurs les plus célèbres.

Dévoiler à l'avance les crimes en *herbe* de l'odieux gouvernement qui pèse aujourd'hui sur la France, c'est rendre ces crimes à peu près impossibles.

L'existence du burlesque empire rêvé par Mac-Mahon et Compagnie, n'aura qu'une durée éphémère, s'il parvient jamais à éclore.

Daignez vous rappeler, M. le Président de l'Assemblée *dite* Nationale, que ces trois dynasties (*minorités* par elles-mêmes) qui forment la majorité factice du Gouvernement de Combat BATBIE, ont eu, depuis 1800, cinq individus pour les représenter sur le trône à savoir :—

1. Napoléon I. dit le *Grand* parce qu'il fit le dixhuit Brumaire, et parce qu'il fit fusiller le Duc d'Enghien dans les fossés de Vincennes.

2. Le gros Louis XVIII. (notre *père de Gand* l'amant de l'immaculée du Cayla.)

3. L'Imbécile Charles X.

4. Le *roué* Louis Philippe, l'auteur des mariages Espagnols, &c. &c.

5. Chenapan III, l'homme du 2 Décembre qui a fini à Sédan.

Le seul Louis XVIII. a eu le bon sens de mourir dans son lit. Les quatre autres sont morts en exil, chacun d'eux chassé par la France. Et c'est sur les détritus décrépits, nauséabons, de ces MISÉRABLES que vous prétendez vous asseoir, vous autres du Gouvernement de Combat pour fonder un établissement durable !

En vérité, M. Buffet, vous tous scrofuleux des trois dynasties déchues, vous êtes des insensés !

J'ai l'honneur de vous saluer.

31 Juillet, 1873.   C. DE C.
—*Jersey Express and Channel Islands Advertiser, Aug. 5, 1873.*

This is a review of Victor Hugo's great work, by the Chevalier de Chatelain, whose translations of some of Shakespeare's plays we have noticed from time to time. The review was originally contributed to the columns of the *Jersey Independent*, and it now re-appears, for private circulation, in a volume of upwards of a hundred pages. In a short prefatory note, in French, M. de Chatelain tells us that the review is published " entirely as a tribute of friendship towards Victor Hugo and as a perpetual, eternal protest against the miserable *insulteur* of Victor Hugo in the *Athenæum*. The aforesaid *insulteur* is our especial enemy —and this shall last even to the final judgment. Further, the object of the present work is to protest before Heaven and in the name of outraged good sense, against the infamous *Gouvernement de Combat*, at the head of which is the Duke de Broglie, MacMahon, the President being but a satellite obeying the orders of the pedantic Duke." The essay is divided into five parts, and the writer, examining the story of " Les Misérables " from beginning to end, analyses with great ability the various characters, and is very successful in familiarising the reader with the construction of the work, the lessons it teaches, and the objects at which it aims. To those who have read " Les Misérables," and those who have not had an opportunity of doing so, M. de Chatelain's essay is in either case worthy of the strongest recommendation. In conclusion he writes:—

" ' The Misérables,' over and above being a fiction of all-powerful and absorbing interest, has the greatest and holiest of aims—that of teaching society that it is high time justice were more largely blended with mercy. That we should not merely punish the delinquent, but aim at his moral regeneration. The author addresses himself, of course, more particularly to the abuses existing in the French code of laws. We all know that Valjean could not have been placed in a similar position in England for instance, for the mere fault (we will not say crime) of stealing a loaf. The laws of England are often too lenient for real criminals, those of France too severe for slight transgressions, though in the latter country the administration of justice, short of criminal cases, is far better regulated than in the former. But nations in general are too apt to endorse the poet's conclusion of—

‘ L'honneur est comme une île escarpée et sans bords
    On n'y peut plus rentrer dès qu'on en est dehors,’

forgetting that religion and humanity forbid our pushing the repentant culprit back into the sea. ' Once a convict, always a convict,' is a maxim belonging to a Draconian code, which ought long since to have been exploded. Read 'The Misérables' say we, read it all ye nations of Europe—let it be translated into all the languages spoken in our quarter of the world—and take our word for it, people will grow wiser and better from hearkening to its teachings. It is not written merely for to-day nor for to-morrow, but for all time—it will interest unborn readers years hence, showing the old abuses supposing, as we hope and trust, the abuses to have been swept away by the rising generation, or lash them if still existing. Taken all in all, 'The Misérables is the grandest, most humanizing, and remarkable work that our century has yet produced."—*Poole and South-western Herald, Bournemouth Gazette and General Advertiser for the counties of Dorset, Hants and Wilts, August 25th*, 1873.

The Chevalier de Chatelain is as faithful an adherent to the cause and interest of a friend, as he is an accomplished scholar and a faithful translator of Shakespeare and other English poets. The *brochure* now before us is indeed a proof of this, for it is an exhaustive review of M. Victor Hugo's remarkable novel, indicating discernment of no ordinary powers; a keen perception of beauties that may have escaped general observation; and a righteous appreciation both of the motive which inspired that work, and of the talent that was manifested in its creation and development. The Chevalier is a trenchant defender of whatever line of thought and action he believes to be right and honest in politics, and lays on with an unsparing hand against his opponents, when dealing with the charlatanry of general criticism or personal antagonism. He proves in this respect indeed to a demonstration that although he has passed the allotted time of man's life, his "eye is neither dim, nor his natural force abated," inasmuch as he can as keenly detect, as he is fearless in exposing, imposture.—*Bell's Weekly Messenger, September 20th*, 1873.

Deuxième Ouvrage.

Les Dernières Lueurs d'un Flambeau qui s'Eteint.—Cet ouvrage a paru le 19 janvier, 1874, 73me anniversaire de notre naissance.

Quelques jours après, comme un coup de foudre tombait sur l'Angleterre étonnée à bon droit, la dissolution du Parlement perpétrée par l'honorable Mr. Gladstone. Dans notre opinion, l'acte d'un fou, qui avait une majorité de plus de soixante voix au Parlement, et qui est tombé à plat! Acte mérité! cet honorable Monsieur n'ayant pas voulu *gracier les Fénians*—lui le *Dénonciateur honorable des crimes de feu Bomba.*

En vérité les hommes les plus haut placés ont des lubies absurdes! Donc à l'honorable Monsieur Gladstone, nous ne saurions trop le répéter, nous devons que notre ouvrage, " Les Dernières Lueurs d'un Flambeau qui s'Eteint," a été passé sous silence par la presse *at large*, légitimement occupée des élections nouvelles.

D'un cœur assez léger, comme l'Emile Ollivier de France,

Monsieur Gladstone s'est *ipso facto* fait *felo de se,* et rendu coupable d'un suicide, *di primo cartello*, ce suicide désormais appartient à l'histoire, nous l'enrégistrons ici.

Voici les rares opinions de la Presse parues à notre connaissance sur " Les Dernières Lueurs d'un Flambeau qui s'Eteint : —

THE CHEVALIER DE CHATELAIN.

We are pleased to call the attention of our readers to the announcement in our advertising columns of a new work by this veteran author. For some forty years he has devoted himself to a critical study of our constitution, our manners and our language ; and the results of these labours have shown themselves in a long roll of publications, each one of them remarkable for earnest purpose, indefatigable industry, and a keen appreciation of moral and intellectual worth and beauty. Poor François-Victor Hugo, whose burial at Père-la-Chaise has just occupied public attention, rested his chief claim to posthumous honours upon his translation into French of the works of William Shakespeare. Now, although Hugo had waded through the whole of the numerous plays of our chief poet, what "dry bones" these are in their Gallic guise when compared with the dozen which come, instinct with life, vigour, and an idiomatic richness, from the pen of de Chatelain. The French language knows not blank verse. Prose or rhyme is the alternative. Hugo elected prose while de Chatelain chose poetry. In the one Shakespeare's subtleties, his wit, and his philosophy come out in French with a fair approximation to the original ; in the other, notwithstanding infinite pains, care and appreciation, all is stilted, affected, "stale, flat, and unprofitable." There is probably no other Frenchman save the Chevalier de Chatelain who would have had the courage to grapple with, or the industry to complete, a translation of Chaucer's *chef-d'œuvre* ; but with a connoisseurship and an energy unparalleled, our author has opened up to his reading countrymen the genius, the word-painting, and the peculiarities of the Father of English Poesie. Besides these *magna opera,* the Chevalier de Chatelain has scarcely, of late years, let one pass by without giving to the world something worth having in the shape of graceful thought and philosophic reflection, aptly linked to flowing and pleasing verse ; and it says well for both the education and taste of English readers, to whom these interesting volumes mainly address themselves, that the author should have been encouraged to publish some thirty-two volumes of standard reading, relying for their circulation and appreciation upon no meretricious or sensational qualities, but rather appealing to their readers by a depth of thought and a soundness of scholarship to which the present generation is not generally supposed to be over well affected. The Chevalier de Chatelain's labours were recognised many years ago by the same mark of honour which has just been conferred on Mr. Carlyle—the Prussian Order of Merit ; and these two are, we believe, the only two dwellers in England who have received this decoration. The Chevalier has termed his forth-coming work " Les Dernières Lueurs d'un Flambeau qui s'Eteint," but we are inclined to hope that the same torch which has shed so many gleams of learning and pleasure around its path, may not be exhausted by this nascent illumination.—*From the King of Arms, January 10th,* 1874.

Le second article sur nos "Lueurs" parues le 19 janvier ; nous est venu à notre grande surprise dans le *Morning Adver-*

tiser du lendemain, 20 janvier. Le premier *leader* de ce journal, commence ainsi : —

A letter of Mr. Gladstone, in 1870, to the Chevalier de Chatelain, a French gentleman who lives amongst us, and writes poetry, and translates English and German into French with marvellous industry, is worthy of being published even now. The letter was written in answer to M. de Chatelain, who addressed the Premier on behalf of the Fenian prisoners. (¹) It is possible that it was made public at the time ; but we do not remember to have seen it. M. de Chatelain has introduced it in a volume of poems entitled *Les Dernières Lueurs d'un Flambeau qui s'Éteint*, which he has just issued, and which is published by Rolandi, and it was as follows :—

"11, Carlton House-terrace, S.W.,
29th March, 1870.

"Sir,—I have the honour to acknowledge the receipt of your letter of the 24th inst., and I can assure you that, far from resenting your criticisms, I feel that I ought to return you my best thanks, since there are few things I more desire than to bring to bear on British policy the sentiments of those who regard our affairs from another point of view.

"But so far am I from admitting that the denial of an amnesty is at variance with a Liberal policy towards Ireland, that I freely avow that the main reason for this denial is, that the release of the Fenian agents at the present moment would simply be an addition to the forces which are at work to degrade and disturb Ireland, and render the work of reconciliation hopeless.

"I have the honour to remain, Monsieur le Chevalier de Chatelain. your most obedient and faithful servant,

(Signed) "W. E. GLADSTONE."

Castelnau Lodge, Warwick Crescent,
Westbourne Terrace Road, W.

(¹) Voici la lettre du Chevalier publiée sous ce titre : UNE PAGE D'HISTOIRE.

Le Chevalier de Chatelain, to the Right Hon. W. E. Gladstone, M.P.

Monsieur le Ministre,—Un de vos plus beaux titres de gloire, un des actes qui plus que tout autre léguera . . . . . immortel—à la postérité votre grand nom, est sans contredit votre dénonciation *urbi et orbi* des tortures des prisons de Naples sous l'ignoble règne de Bomba.

Et maintenant vous, Monsieur, sous le spécieux prétexte de pacifier l'Irlande, vous retenez sous les verroux les Fénians. Oubliez-vous donc que les haines couvées dans les prisons d'état deviennent des haines héréditaires ? Je suis naturalisé Anglais depuis plus de vingt ans, je ne suis pas Fénian du tout, mais permettez-moi de vous le dire, je regarde votre politique impitoyable comme une grande faute.

Le Charles IX du XIXème siècle, qui a fait la St. Barthélemy du deux Décembre, l'Impérial bandit qui, de fait, a cessé d'être Empereur, a cru devoir faire une amnistie ! . . . Et vous, Monsieur, vous un honnête homme, vous reculez devant la nécessité d'un acte qui pacifierait bien autrement l'Irlande que les rigueurs que votre Gouvernement projette contre la Presse Irlandaise.

Daignez excuser l'interférence d'un étranger (naturalisé Anglais toutefois) dans les affaires politiques de son pays d'adoption ; mais ayant pour moi l'expérience de l'âge, je crois qu'il est de mon devoir de vous dire avec la rude franchise d'un esprit droit;

Vous faites fausse route . . . . *Cave ne cadas !* L'Irlande, croyez-le bien, Monsieur, ne sera jamais apprivoisée par des moyens de coertion

The Chevalier de Chatelain has again produced a series of charming French poems, and if, like Lamartine, he complains that the French tongue is less poetical than some, he contrives by his admirable talent to disprove the assertion. In addition to his own poems, the Chevalier introduces a number of translations which are extremely elegant. Some of the German poems he translates are new to us, and we thank him for giving us a new pleasure, for several of the lyrics he has so gracefully turned into French are perfect gems, full of expression and originality. The Chevalier has, so far as we can judge, kept very close to the originals —*The Era*, 1st *February*, 1874.

Les Dernières Lueurs d'un Flambeau qui s'Eteint. By Le Chevalier de Chatelain.—London : Rolandi, 1874.

We learn from the titlepage of this work that M. de Chatelain is the author of numerous poems and an industrious translator of English classics, for which he expresses the greatest admiration, speaking of them as :—

" Cet essaim
De chastes et pures abeilles,
Ces Bardes faiseurs de merveilles,"

It may also be inferred that he is a politician of ardent Republican convictions, since he speaks of the " Brigand Napoléon le Petit," " l'astucieux Louis Philippe," the "gredin Duc de Broglie." But it is in a note to his preface, in which the reader is informed that the Chevalier was a successful candidate for the Dunmow Flitch of Bacon in 1855—

" Il fut l'heureux des plus heureux
Le vertueux des vertueux—"

that the full violence of his political feelings is developed, in a comparison which he suggests between the "couple infâme l'Eugénie et Chenapan III." and his own conjugal rectitude. And whatever respect is expressed for Shakspeare and Chaucer is not extended to all modern English authors, since Mr. W. H. Dixon is stigmatised as the " Misérable insulteur de Victor Hugo."

Fortunately, the great body of the poems are free from the wealth of epithet that might be anticipated from a perusal of the first few pages of this book ; as they consist mainly of pleasing *vers de société* and translations from authors in various languages. There are fugitive pieces on a variety of subjects, *contes drôlatiques*, and more ambitious attempts in a semidramatic form. The translations are occasionally very spirited, and we recommend for perusal " La Sentinelle Russe " especially. We quote a specimen from one of the best of the original poems :—

" Petits oiseaux endormez-vous !
Du haut du ciel veille la lune
Sur vos petits, sur vos bijoux,
Dormez donc, et sans crainte aucune,
Endormez-vous petits oiseaux
Sur votre gentil lit de plumes,
Vous n'avez à risquer les rhumes
Qui démolissent nos cerveaux."

—*The Court Circular*, 7th *February*, 1874.

bien au contraire ! Le Gouvernement Anglais fortifierait donc sa position, si les prisons politiques avaient le sort des prisons pour dettes, aujourd'hui rasées du sol Anglais.

Recevez, Monsieur le Ministre, la nouvelle assurance de la haute estime que m'inspire le caractère du courageux dénonciateur des horreurs des prisons de Naples.

24 *Mars*, 1870.   CHEVALIER DE CHATELAIN.

Aménités de la Presse Anglaise.

Valentine à nous offerte dans Wellington Street (W.C.*)
le 14 February, 1874, par le journal *se* disant littéraire, *yclept*
" The Academy : "—

The Chevalier de Chatelain has published a prettily printed
book, called " Les Dernières Lueurs d'un Flambeau qui s'Eteint."
It may be doubted whether it was worth while for a *flambeau* to
muster up its last remaining energies, to make such queer dark-
ness visible. In the lurid light we faintly descry a French
gentleman plunging about in prose and verse. He writes about
all sorts of things, and to all sorts of people. When he addressed the editor of the *Daily News*, " inutile de dire que le
Daily News n'a pas fait la moindre réponse." It is equally
superfluous to say that Mr. Gladstone *did* answer the Chevalier
quite gravely. When the Chevalier, in his political ardour, calls
the wife of Napoléon III. *une femelle abominable*, we can only
regret that his torch does not go out, as the legendary ghost
disappeared, " with a sweet perfume, and a most melodious
twang." His little work has one great interest: it proves the
possibility of writing in French without even seeming to have
any point or *esprit.—The Academy*, 14*th February*, 1874.

Nous avions fait insérer aux annonces du journal *yclept* The
Academy, l'annonce suivante :—

LES DERNIÈRES LUEURS d'un FLAMBEAU
qui s'ÉTEINT. Par le Chevalier de CHATELAIN, Auteur
de Sept Ans de Règne, de Rome Papale, des Epis et Bluets,
d' A Travers Champs, de La Folle du Logis, des Ronces et
Chardons, de Monsieur Subjonctif, des Perles d'Orient, &c.
  Traducteur (Traductions en Vers) des Contes de Cantorbery,
de Chaucer ; de neuf des principaux Chefs-d'œuvre de Shakespeare ; des Fables de Gay ; des Fables de Christophe Smart ;
des Beautés de la Poësie Anglaise (5 vols. 8vo.) ; des Fleurs des
Bords du Rhin, &c.
  Londres : Rolandi, Libraire, 20 Berners Street, W.—Prix 5s.
      Bruxelles : C. Muquard.—Prix 6f. 25c.

Cette annonce avait déjà paru au *Times*, dans tous les journaux
Américains et Français, au *Daily News*, au *Daily Telegraph*, à

---

* Lisez Water Closet.

l'*Athenæum*, quand enfin nous la présentâmes au publisher of
the *Academy*.

Ce Monsieur nous demanda pour le coût de l'*advertisement*
plus que l'*Athenæum*.   Nous lui en fîmes l'observation, et nous
obtînmes une réduction dans le prix demandé—

INDÈ IRÆ !

" Tant de fiel entre-t-il dans l'âme des journaux ! "

THE ACADEMY nous a gratifié de l'article plus haut cité.
Nous nous permettrons de faire suivre le jugement " of THE
ACADEMY " des lignes suivantes :—

L'opinion qui précède, émise par le journal " *The Academy* "
sur un auteur de 73 ans—qui court sur sa 74me année, nous a
paru si bouffonne à NOUS CHEVALIER DE CHATELAIN, qui
depuis 1822 avons publié 50 volumes, et plus, parmi lesquels
(volumes originaux)—Les Nouvelles de l'autre Monde—Les
Prométhéides—Sept Ans de Règne 1830 à 1837—Rome Papale
—Fables Nouvelles—La Folle du Logis—A Travers Champs
—Epis et Bluets—Les Étrennes à la Jeunesse—La Mythologie
comparée à l'Histoire—Le Verrou—Le Testament d'Eumolpe
—Ronces et Chardons—Monsieur Subjonctif—Les Dernières
Lueurs d'un Flambeau qui s'Eteint, &c., &c.

Et qui avons traduit—Les Contes de Canterbury de Chaucer
—The Floure and the Leaf—Les Beautés de la Poësie Anglaise,
5 vol. in 8o—Les Fleurs des Bords du Rhin—Beautés de la
Poësie Allemande—The Monks of Kilcrea—Cléomadès ; et un
choix des plus beaux drames de Shakespeare, &c., &c.

Que *pour toute vengeance* de l'élucubration du *Cuistre Académique,* nous avons prié Messieurs Davy, nos imprimeurs, d'
imprimer *la chose du Scribe Académique,* en type plus accentué
que les autres opinions que nous donnons de la Presse, afin que
sa sottise soit duement signifiée URBI ET ORBI .... et que
personne n'en ignore !

Que la science et la conscience de notre détracteur, l'une à
dada sur l'autre, lui soient légères !.. *so be it* ! Règle générale
on n'est jamais sali que par la boue .... dans le *cas* présent, c'est

de *l'immondice* que cette boue, c'est du *cloaque*—qu'y patauge à jamais cet Académique *Réviler* ! Cet enfer est pire que celui du Dante !.. En effet le feu purifie tout—les latrines empestent à perpétuité—Nous y condamnons sans appel l'éditeur de l'Academy !

C. DE C.

Nous incrustons dans ces pages la lettre par nous adressée le 18 Février 1874 à l'Illustre *Ignoramus* and *Ignotus* qui trône editor of the Academy dans le *bouge* infect de Wellington Street, W. C. (*Water Closet*) *ne l'oublions pas* !

CASTELNAU LODGE,

WARWICK CRESCENT,

WESTBOURNE TERRACE ROAD, W.

18 *Février*, 1874.

To the Editor of the "ACADEMY."

In Ré

"LES DERNIERES LUEURS D'UN FLAMBEAU QUI S'ÉTEINT."

MONSIEUR,

Il vous a plu de me jeter l'opprobre et le mépris dans votre numéro du 14 Février dernier.... *Une drôle de Valentine* ! ! !

Il vous a plu de faire courir après moi un des polissons qui occupent votre *office for the Advertisements*, Wellington Street ! W. C., pour m'offrir *avec un sourire* l'infâme article contenu dans votre numéro du 14 Février.

Il me plaît à moi de vous dire, *foi de Chevalier*, que vous n'êtes vous, Monsieur, qu'un impudent, et qu'un lâche gredin.

Sur ce, je vous salue peu ; mais je me réserve au 23 avril prochain, lorsque je publierai ma traduction du "Timon d' Athènes," de vous rendre avec intérêt la monnaie de votre pièce.

Recevez l'assurance du profond mépris que vous m'inspirez.

CHEVALIER DE CHATELAIN.

P. S. Je me ravise ! Peut-être ai-je tort de vous attribuer à vous, Monsieur l'Éditeur, l'infâmie dont se plaint à bon droit le traducteur des Contes de Canterbury de Chaucer—Peut-être les " Dernières Lueurs d'un Flambeau qui s'Eteint " n'ont elles jamais été mises sous vos yeux . . . . qui sait ? . . Un serpent peut s'être glissé dans votre officine.   Dans ce cas, j'ai droit d' attendre justice et prompte justice ! Ainsi soit-il!

C. DE C.

Un Dernier Mot.

L'Editeur of THE ACADEMY n'est au total qu'un mauvais *Pierrot* ; il a voulu *nous exécuter.*   Nous vivons encore assez pour l'exécuter lui-même !

> " Aspice Pierrot pendu
> *Quod justice* n'a pas rendu
> Si *justice redidisset*
> Pierrot pendu *non fuisset !* "

De Profundis !

Passons à autre chose . . . . Et zut ! *for* THE ACADEMY *and his August Editor !*

Les Dernières Lueurs d'un Flambeau qui s'Eteint, par le Chevalier de Chatelain. Londres : Rolandi.

If we could realise that verily these were "Les Dernières," our task would indeed be "peu gai." But, although not "immortal," *certes*, we are full of hope that "la fantaisie de prolonger notre existence," *aidant* we shall see "le 23 Avril, 1875," "si nous vivons," "la traduction du 'Winter's Tale.'" Many happy returns of the day, cher Chevalier. For be it known to all men, the date of the publication of this his latest book, is our excellent friend's natal day. Now the most interesting part of this new volume is the sketch of the author's life. We are reluctantly compelled, on account of our limited space, to omit giving this. Anything more quaint one can hardly imagine. What shall we say of "Photographies au Vol"—that they are smart and piquant ? Of one he says himself—

> "Ainsi finit, chers lecteurs cette histoire,
> Je l'avoue un peu noire."

Taken as a whole we should call them rosy. "Marquis et Forçat," "Le Perroquet de Madame," and "Les Châteaux en Espagne," we have noticed elsewhere. In "Poësies Diverses" we have yet another style, of which delicate banter is the prevailing characteristic. But it is in the "Contes Drôlichons" that the Chevalier comes out with inimitable force. If "Trois fois Dix font Trente" does not make one laugh, why nothing will. *After* you have perused the original, dear readers, you *may* read Mr. Mogridge's clever translation in the Appendix. If we had space at command they should both have a place in our columns. We should like also to make copious selections from "De Bric et de Broc ;" notably we should give "Dans la Forêt," magnificently translated by Mr. McCarthy. Of the translations suffice to say that one and all, whether German, English, Italian, or whatever other language he has gone to, they are done with consummate skill, in fact so done, we believe, as few but the Chevalier himself could do them. We thank him very cordially for another pleasant companion for a cosy fireside or summer ramble.; and albeit we feel we have something to excuse him on the score of political feeling, we sincerely hope it will be many a day before his lamp is for ever put out. Before we say finally for the moment adieu, we must, although somewhat tardily, acknowledge the receipt of the reprint of his masterly review of one of the greatest efforts of the great Victor Hugo. "Impayable par l'excellente raison qu'il ne se vend pas," and consequently printed for private circulation. We may be permitted to let our readers know of it, if only to show how diligently such brains as his must work, and the immense versatility of his powers. A word at parting. So far the "sac" is emptied. We must now push on with the Bard of Avon until the very last page of his immortal writings has passed from its original tongue to that one whose loving and fervent disciple has already so much enriched it. We must still cry "Date obolum Belisario."—*The Stratford-upon-Avon Chronicle,* 20th Feb. 1874.

We must apologise to the author for not having given an earlier notice of his work, which, as its title infers, is probably the last that he will publish. The torch of which these poems are modestly designated as the expiring glimmers, still burns brightly, and the Chevalier, notwithstanding his advanced age, seems full of intellectual life and vigour. The first part of the work consists of original poetry, which is subdivided into "Photographies au Vol," "Poësies Diverses," "Contes Drôlichons," and "De Bric et de Broc." Among these original compositions the most considerable are, "Une Boule de Cristal," "Marquis et Forçat," "Un Brelan de Valets," "Souvent qui perd Gagne." "Le Perroquet de Madame," "Gentil à Croquer," "Un Mariage par Ballon monté," &c.

Among the rest are many tributes to the author's friends and other persons of note, both in France and England. In the second part we have a variety of excellent translations ; these are chiefly from German and English poems, but there are also some renderings from the Latin classics. Those of our readers who are familiar with the French language will find this work most entertaining. Its contents are of the greatest variety—from an acrostic on President MacMahon to a translation of the rollicking song, "Nottingham Ale," and are written with the sprightliness and *verve* which characterise the productions of the Chevalier de Chatelain.—*The Poole and South Western Herald, Thursday, February 26th,* 1874.

Often as we have had occasion to express a favourable opinion of the original compositions and translations, which the author of this volume of charming poems has published, we never remember to have been more thoroughly carried away by any beauty or sentiment, to which they have given expression, than we have been in this instance. This feeling may, in a great measure, have arisen from the circumstances under which these poems have been written, for we cannot part with an old friend without sorrow and pain ; yet there is such abundance of exquisite talent in every page, that this in itself is enough to confirm all that we have already said, and even also to enhance it. Whether the subjects handled be great or small, grave or cynical, the proof is always present of the truth of the time-honoured saying, *Poeta nascitur non fit,* whilst the application which gives evidence of that truth is so immense that we marvel how time has been found to give it such ample illustration. Of the numerous contents of this volume we cannot but give a preference to the original poems, although the translations, from various languages into French, are shown to have been done by a master's hand. Of the political disposition of the author we will say nothing more than that he is as true as ever to his old allegiances, and as unsparing in his age as he was in his youth, of the men and manners whereby the home of his birth has been so calamitously visited.—*Bell's Weekly Messenger,* 21*st February,* 1874.

Let not admirers of Le Chevalier de Chatelain rush into extravagance of grief in seeing the mournful title he has given his latest volume. More "Dernières Lueurs" may be expected. A new translation from Shakespeare is promised for April, and another is hinted at for the year following. Among the works now first given by the Chevalier are some noteworthy compositions. "Le Perroquet de Madame" is like a combination of Gresset and La Fontaine. The "Brelan de Valets" is a dramatic sketch with much point, and "Marquis et Forçat" expounds, with poetical power, some extreme views. Our poet remains as red hot as ever, and his Republican zeal amounts to something like possession. —*The Sunday Times, 1st March,* 1874.

Les Dernières Lueurs. By the Chevalier de Chatelain. Rolandi, Berners Street.—The full title of this new work by the talented French nobleman who has so long been domiciled on English soil is, "Les Dernières Lueurs d'un Flambeau qui s'Éteint," or "The last Flashes of a Torch which is going out." It is a somewhat mournful title ; we are sorry that it should be a truthful one ;—but the Chevalier, in the last years of his life, has the satisfaction of knowing that the life thus closing has been an useful and an honourable one. As a staunch republican, his pen has been wielded in the cause of freedom and in opposition to tyrants. As a man of intellect, he has proved his great abilities by the difficult task of translating Chaucer and Shakespeare into the French language. His numerous works, both translations and originals, testify to his industry. The volume now before us contains a number of poems on a great variety of subjects—critical, humorous, and sentimental. For the use of schools, and of students of French generally, as well as for the delectation of persons of intellect who are intimately acquainted with the French language, the work will not be held dear at a cost of five shillings.—*Reynolds's Newspaper*, 8th March, 1874.

Les Dernières Lueurs d'un Flambeau qui s'Eteint. Par LE CHEVALIER DE CHATELAIN. Londres : Rolandi, Libraire, 20, Berners Street, W. Bruxelles : C. Muquard.

The indefatigable author whose name heads this article has been known among us for half a century as a careful and intelligent translator, or rather adapter, of some of the noblest poems of the English language into that of his own country. We use the word adapter advisedly, inasmuch as many of the poems selected by the Chevalier for the exercise of his skill are of a nature to admit of no possible translation, in the usual sense of the word. Hopeless, for instance, the task of rendering into rhythmical and *parallel* French such poems as Burns' "A man's a man for a' that," Edgar Poe's "Bells," Southey's "Lodore," and others of a like nature, whose success is inseparable from the dialect in which they are written, or the musical jingle of the words of which they are composed. Yet, what we suppose must be considered the greatest work of the Chevalier, "Beautés de la Poësie Anglaise " (5 8vo. volumes), contains not only such poems as these, rendered into equivalent French, but many hundreds of others, comprising selections of the best poems by the best poets. Few lines of any celebrity have indeed escaped the industrious but discriminating pen of the Chevalier. His translations of the leading plays of Shakespeare have received favourable notice at the hands of the most competent critics. His version of Chaucer's " Canterbury Tales " we are inclined to consider by far his greatest achievement, the fidelity of his rendering of the quaint language of the old poet being beyond all praise. To these must be added his translations of the fables of Gay and Christopher Smart, and his " Fleurs des Bords du Rhin " (by which the Chevalier would appear to be as much *au fait* with German literature as with French and English). We believe we have also seen a selection of translated poems entitled, " Rayons et Reflets," and a host of other works, including, if we remember rightly, more translations, with much original matter, " Perles d'Orient," " Épis et Bluets," " Ronces et Chardons," " A travers Champs, &c. &c.

M. de Chatelain holds advanced Republican opinions, and is fearless, if not always prudent, in the expression of them. This has more than once brought him into conflict with those holding different opinions. Indeed, the violence of his attacks upon the Governments of Louis Philippe and Louis Napoleon were such as would certainly not have been tolerated by the authorities of any other country in Europe than the one of M. de Chatelain's adoption. His intense hatred to Bonapartism and the Bonapartes seems to extend itself in contempt of his own countrymen for their slavish submission to Imperial rule during so many years. The same heat and bitterness which have dictated many of the Chevalier's political writings have been more than once expressed in opposition to his adverse literary critics. A too great tendency of M. de Chatelain to rush into print has prompted occasional reviewers to accuse him of a fatal facility of composition inducing the *cacoëthes scribendi*, accompanied, as is too often the case, with an impatience of criticism, and in some cases with a certain infirmity of temper too characteristic of the *genus irritabile*. M. de Chatelain nevertheless has lived down his adversaries, and is again in the field challenging criticism on his new work, "Les Dernières Lueurs d'un Flambeau qui s'Eteint." " Last Glimmers " these may certainly be, although we must be permitted to doubt whether the restless brain of the author will ever allow his pen to be idle so long as he can use it to such advantage as in the book before us. Similar reasons will make us demur to the second portion of the title, for the volume is anything but the flicker " of a dying torch," containing as it does all the old political enthusiasm, vigour of conception, and facility of expression of his previous works. Having previously reviewed other works of the same author, it is not our intention to give an exhaustive notice of the present volume, which appears to contain original specimens of the best manner of the poet, eccentricities of his most daring style, and translations of the faithfulest, mingled with much that will provoke adverse criticism.

Many passages we consider as blots on the fair surface of the book. We allude mainly to some of the political passages referring to the late Empire. It seems an impossibility for the Chevalier even to approach the subject of Napoleon the Third, or anything bearing thereupon, without at once losing all command over his pen or his temper, and dealing with his topic in language which in an English book we should consider almost scurrility. We are no defenders of the late Empire or its creatures, but cannot help considering as singularly out of place, in a book like the present, even from the author's point of view, some of the abusive epithets heaped upon the members of the Imperial family, whenever their names come within reach of the Chevalier's attack. These partake too much of the "knuckle-duster" style of argument to find much approval from any candid reviewer, or, we should imagine, even amongst the most advanced of M. de Chatelain's fellow politicians. We are ignorant what *special* grievance the author may have had against the late Emperor, but can hardly imagine the animus that dictated the remarks at page 20 of the Preface to be other than of a personal character. During the lifetime of Napoleon III, it was perfectly legitimate for an insulted or oppressed patriot to oppose him by every means at his command ; but now that he is dead, and beyond the reach of personal abuse, he and his may well be left to the judgment of history. The Preface gives a summary of M. de Chatelain's own life. The whole volume is impregnated with what may be called French Chaucerism of both language and style, owing, doubtless, to the author's study of, and affection for, the writers of that period both in France and England. Madame de Chatelain is well known in literature as a poet, and author of many charming compositions, including some delightful books for children, and a number of songs published under other names, before popularity rendered such disguise unnecessary.—*From the Birmingham Morning News, April 4th*, 1874.

———————

Pour clore cette revue des quelques journaux qui ont bien voulu, malgré les préoccupations politiques du moment, (*La dissolution du Parlement*) s'occuper des " *Dernières Lueurs d'un Flambeau qui s'Eteint*), nous raconterons ici, ce que nous avons raconté déjà à nombre d'amis résidant dans les quatre coin_s du monde, le tour, que nous, *Gamin de 73 ans*, nous avons joué à cet homme burlesque et bouffi d'orgueil, qui porte avec une rare outrecuidance le nom de Duc de Broglie, à ce doctrinaire éhonté qui prétend gouverner *notre* France à coups de poing, à coups de Lois sur les Maires, une impudence que les Français de 1830 n'eussent jamais soufferte ni permise : mais alors nous autres Français, nous avions du sang dans les veines, du sang rouge, les Français de l'an de grâce 1874 paraissent n'avoir que du sang blanc, autrement dit de l'eau.... Encore n'est-ce que de l'eau croupie !

"Chat échaudé craint l'eau froide," dit la sagesse des nations, Le Beulé, le prédécesseur du de Broglie, nous avait fait rire, d'un rire homérique, lorsque le 4 Septembre, 1873, il prit sous son bonnet de ministre, le cuistre ! d'interdire la circulation en France de notre "Revue des Misérables" de Victor Hugo, laquelle Revue se promenait depuis le 31 juillet à Paris et dans les Départements malgré l'état de siège—accompagnement obligé de tout bon "Gouvernement de Combat." Aussi résolûmes-nous, dans notre sagesse, (nous avons plus de sagesse que le Beulé et le de Broglie) de faire tenir à nos souscripteurs et aux principaux journaux républicains qui se publient en France,— nos "Lueurs" séditieuses pour les ministres de l'Ordre moral, et cela sans risquer la confiscation.

Ce fut simple comme bonjour.

Nous fîmes insérer aux journaux Anglais et Français entr' autres au Times et au Rappel l'annonce de notre ouvrage :

"Les Dernières Lueurs d'un Flambeau qui s'Eteint"

Titre merveilleux d'une Innocence Immaculée.

Le Flambeau qui s'Eteint, se sont dits nos Amis Intimes, les Beulé, les Buffet, les de Broglie, c'est le Chevalier de Chatelain ! qu'il s'éteigne bien vite !... Il a trop duré !...

Attention maintenant !

Nous fîmes annoncer notre ouvrage comme devant paraître seulement le 19 Janvier (alors prochain) 1874—73me anniversaire de notre naissance.

Well and Good !

Or du 10 au 18 Janvier, nous eûmes l'effronterie d'envoyer le livre, sans nous gêner, par la poste à nos souscripteurs, à tous ceux qui le désiraient, et de plus aux bibliothèques. Il est évident que le Gouvernement de Combat, malgré toute l'astuce du de Broglie, ne pouvait saisir du 10 au 18 un ouvrage qui ne devait naître et paraître que le 19. Et puis nous avions en soin de faire dorer sur tranches, nos "*Lueurs*" et d'ailleurs des "*Lueurs*," ça se glisse partout à la barbe des Athéniens eux-mêmes, tout fûtés qu'ils soient comme le sont les Barangon, les Buffet et les de Broglie.

Lorsque le 20 février nous sûmes, *pertinemment* qu'un exemplaire de nos "*Lueurs*" avait été confisqué, de suite nous envoyâmes notre volume directement, *mais duement affranchi*, (of course), à Son Excellence Monsieur le Duc de Broglie avec cette inscription succinte, digne de Sparte, convenez-en lecteur !

"A Monsieur le Duc de Broglie, au Ministre le plus méprisé, le plus méprisable des temps passés, du temps présent, et certainement des temps futurs !

Lisez, monsieur, mes opinions sur vos infamies depuis la page 391 jusqu'à la page 400.

Vous n'en serez pas plus sage . . . . mais vous vous connaîtrez mieux.

Chevalier de Chatelain.

Malgré ce que nous racontons, notre présente traduction du " Timon d'Athènes " qui contient tant de choses séditieuses aux yeux du " Gouvernement de Combat," se fraiera voie en France—(non pas par le même moyen—*non bis in idem*), et ira un peu partout à nos *constants* souscripteurs, et aux bibliothèques. Bien fou sont-ils les Barangon, les Buffet, les de Broglie qui prétendent arrêter l'essor et l'élan de la pensée humaine ! . . arrêtez donc le Soleil—mes Bons ! Vous ne me paraissez cependant pas des Josnés ! . . . Tant s'en faut qu'au contraire !

CHEVALIER DE CHATELAIN.

Castelnau Lodge, 23 Avril, 1874.

DERNIÈRE PAGE.—POST-SCRIPTUM.

Comme il nous est arrivé depuis 1869, lors de la publication de nos " Ronces et Chardons," la dernière production de NOUS, Chevalier de Chatelain, qui met le nez à la fenêtre de la publicité, contient pour épilogue, que notre œuvre soit littéraire ou politique, *une dernière page*, un dernier paragraphe à peu près ainsi conçu :—

Situation de la France—au 31 juillet, 1873—au 19 janvier, 1874, &c. &c. &c. Aujourd'hui nous disons :—

SITUATION DE LA FRANCE AU 23 AVRIL, 1874.

Nous avons pour principe, dans l'odieux temps où nous vivons, où les hommes d'état, *surtout en France*, font jabot de n'avoir aucun principe, que chaque Français, *qui tient une plume*, doit l'émission franche de son opinion à son pays, à la France ; c'est une dette qu'il est du devoir de chaque citoyen d'acquitter loyalement, sans s'inquiéter, de ce que l'acquit de cette dette peut avoir de désagréable dans la suite.

Et nous acquittons notre dette aujourd'hui 23 avril, 1874, en disant, et en proclamant, URBI ET ORBI, les affreuses vérités que voici :

Le Mac Mahon, étant la représentation d'un *désastre* (Sédan) le 24 mai, l'Assemblée *dite* Nationale, composée d'un quatuor de Conspirateurs—Légitimistes—Buonapartistes—Orléanistes et Cléricaux, a cru devoir, en vue de narguer l'opinion publique, faire de ce *désastre* . . . . UN ASTRE ; l'Assemblée *dite* Nationale a eu l'impudence de faire remplacer par cette épée—*ébréchée*—rendue à Sédan—*la libération du territoire* fait homme—l'honorable M. Thiers !

Etonnez-vous donc que le *Septennat*—ce garde chapeau, ou, si mieux vous aimez, ce chapeau de garde, pour *Henry V*, ou pour *Lulu le mitrailleur*, le fils de la vertueuse Eugénie et de feu Chenapan III. ait jamais pu avoir sa raison d'être, cet enfant bâtard de l'invention du Duc de Broglie étant un enfant mort né—l'ASTRE Mac Mahon n'est en définitive qu'un ASTRE qui luit à rebours, rimant légitimement avec *désastre !*

Oh ! les de Broglie, les Mac Mahon, les Batbie, les Barail, les Barangon, *les Beulé* (¹) les Buffet ! ! ! (*A la partialité si révoltante !*) tous marqués au B !... quel amas d'infâmes !... La postérité aura peine à comprendre, se refusera à croire, que notre pauvre France toute *avilie*, qu'elle fut, se soit laissée museler par un tel tas de bandits sans aveu !...

Oh ! que tous ces gredins là mériteraient bien d'être pendus —pendus haut et court !

Après cela, nous supprimerons volontiers la peine de mort pourvu qu'auparavant fut aussi pendu le Bazaine, le hideux Bazaine ! Alors justice complète serait faite !

Comme cette opinion (*notre opinion*) qui paraît à Londres ce jour 23 avril, 1874, pourrait ne pas arriver jusqu'à Monsieur le Maréchal Mac Mahon, nous la lui envoyons dans une lettre datée de cette charmante ville où l'on a célébré l'an dernier

---

(¹) *Beulé !*... Cet homme fâcheux est mort dans les premiers jours du présent mois d'avril. Nous prenons acte que la page 133 de cet ouvrage était imprimée et tirée dès le 28 mars. Nous n'avons pas pour habitude de battre un homme *à* terre, encore moins un homme *en* terre. Donc nous eussions supprimé les phrases que nous allons reproduire en l'honneur et gloire du *dit* Beulé, et pour consacrer l'un des actes de cet homme, l'une des machines du Gouvernement de Combat. "*Nous apprenions dans la New Forest par les journaux Français, par les journaux Anglais, les journaux Belges, l'ostracisme jeté sur notre ' Revue des Misérables' de Victor Hugo, dont la circulation était interdite en France et en Navarre. Ce grand acte était perpétré par l'Illustre Beulé, le 4 septembre, 1873, anniversaire de la Proclamation de la République Française. Au Beulé, à cet homme qui serait le plus méprisable des chenapans, si son successeur n'existait pas, son successeur l'affreux Duc de Broglie ! affreux au physique autant qu'au moral ! nous avons dit notre dire ; les traces des coups de fouet par nous administré à ce cuistre, existent encore, les blessures sont encore saignantes*, il ne sait plus comment s'asseoir—*laissons-le refermer ses cicatrices.*"

avec tant d'éclat l'anniversaire. de la naissance de Shakespeare
.... de Stratford-upon Avon !...

Nous autres Républicains, ce n'est pas par derrière que nous
attaquons les ennemis de la République, c'est par devant, c'est
face à face—nous laissons copie de notre pensée à nos adver-
saires—en parlant à leur personne, comme disent ces gueux
d'huissiers !

AU RÉSUMÉ la situation de la France est telle ce jour
23 avril, 1874, qu'il n'y a que la dissolution de l'Assemblée
archi-pourrie, qui a l'effronterie de se dire *Nationale*, l'impudique !... et la mise en accusation immédiate du ministère de
Broglie, Magne, de Larcy, &c. &c. qui puisse sauver le pays.

Le pays sera-t-il sauvé ?... *Oui certes ?... Oui, cette fois !* et
non pas par les Sauveurs du 9 août, 1830—par l'infâme Duc
d'Orléans *feu* Louis Philippe—ni par un 2 décembre !...

Ceci est la vérité vraie !

L'Assemblé rentre le 12 mai. Le 24 mai ne verra pas
célébrer son anniversaire ; comme Ministre de l'Intérieur le
Duc de Broglie sera aussi *feu* que l'est aujourd'hui son prédécesseur *feu* Beulé.

Vive la République !

A bas les traîtres ! Et Dieu sait si le nombre en est grand !
Mais la Patrie survivra !...

CHEVALIER DE CHATELAIN.

CATALOGUE

DES

OUVRAGES DU CHEVALIER DE CHATELAIN,

PUBLIÉS EN ANGLETERRE DEPUIS LE 9 NOVEMBRE 1842,

JUSQUES ET COMPRIS CE JOUR 23 AVRIL, 1874.

OUVRAGES ORIGINAUX.

1842. LES GLORIEUSES. Nankin et Caboul; ou deux Fêtes et deux Victoires. *Hearne, 81, Strand. Prix 1s.*
Edition épuisée.

1843. LA BIENFAISANCE. Poème dédié à la Société de Bienfaisance française fondée à Londres par le Comte D'Orsay. *Hearne, 81, Strand. Prix 1s.*
Edition épuisée.

1852. RAMBLES THRO' ROME. 1 vol. 360 pp. *Hope and Co. Marlborough Street. Prix 10s. 6d. Edition épuisée.*

1853. FABLES NOUVELLES. 1 vol. 330 pp. *Whittaker and Co. Prix 7s. 6d. Edition épuisée.*

1860. LES NOCES DE LA LUNE. *Basil Montagu Pickering, 196, Piccadilly. Prix 1s. Restent 23 copies.*

1864. PERLES D'ORIENT. 1 vol. 276 pp. *Rolandi, 20, Berners Street. Prix 4s. Reste 25 copies invendues.*

1865. EPIS ET BLUETS. 1 vol. 350 pp. *Rolandi, 20 Berners Street. Prix 4s. Restent 15 copies de cet ouvrage.*

1865. LES TROIS CADAVRES. *Rolandi, 20, Berners Street. Prix 1s. Il reste seulement 3 copies.*

1867. LE MONUMENT D'UN FRANÇAIS À SHAKESPEARE. 1 vol.
166 pp. *Rolandi, 20, Berners Street.* *Prix 3s. 6d.*
Il reste 14 copies de cet ouvrage.

1867. A TRAVERS CHAMPS. (*Flâneries.*) 1 vol. 400 pp.
Rolandi, 20, Berners Street. *Prix 4s.*
Il reste 8 copies de cet ouvrage.

1868. NOTRE MONUMENT. *Printed for private circulation.*
Edition épuisée.

1868. LA FOLLE DU LOGIS. 1 vol. 350 pp. Two Editions.
La première épuisée; de la seconde parue en 1869,
Il reste 6 copies.
Rolandi, 20, Berners Street. *Prix 4s.*

1869. RONCES ET CHARDONS. 1 fort vol. de 438 pp. Cet
ouvrage, imprimé *for private circulation,* d'abord ne
fut délivré moyennant Une Guinée, qu'aux seuls
souscripteurs.

Se trouve, page 181 du livre, *imprimé en* 1869, la
prédiction, *jour pour jour,* de la chute de Chenapan III,
et de son Auguste famille.

Cette prédiction, qui a fait le tour du monde, nous
a fait vendre depuis les " Ronces et Chardons " au
prix fabuleux de Cinq Guinées. Du reste, l'ouvrage
sorti des Dryden Press, est magnifiquement imprimé
et relié; il contient le portait de l'Auteur. Qu'on se
le dise!   *Hélas! il ne reste plus que 6 copies.*

1870. LE PARTICIPE PRÉSENT. Par Monsieur Subjonctif.
Suivi de la reproduction (depuis 1826) de l'*Epitre au
Diable.* Dédiée cette fois au Pape Pie IX, ex-
capitaine de la Garde Noble, et *alors* fieffé libertin,
ex-franc maçon, ex-Pontife libéral (1848)—au plus
faillible, au plus inconséquent des bipèdes qui soient
jamais monté sur les tréteaux du Vatican....*Ad
Majorem Dei gloriam !* Cette brochure a ét imprimée à 500 copies. *Edition depuis longtemps épuisée.*

Il nous reste 2 copies, que nous gardons pour nous
comme une curiosité littéraire. Honi soit qui mal y
pense !

1870. UN FRANÇAIS, un Vieux de la Vieille, à ses Compatriotes D. K. V. et surtout E. B. T. depuis la reddition de Chenapan III. au Roi de Prusse, avec une armée de 90,000 hommes, et le Mac Mahon par dessus le marché. Cette brochure a eu un grand succès en France et *en Allemagne ;* où l'on a paru s'étonner qu'un français ait osé dire des vérités aussi *roides* à ses compatriotes. A Berlin nous en avons placé plus de 200 exemplaires. · *Édition épuisée.*

1871. LE TESTAMENT D'EUMOLPE. Semi-lyrique. *Rolandi,* 20, *Berners Street. Prix* 3s. 6d. *Il en reste* 21 *copies.*

1873. LES MISÉRABLES. *Printed for private circulation.* Victor Hugo's new Work, reviewed in 1862, for the *Jersey Independent.*

Cet ouvrage ayant eu les honneurs de l'interdiction en France par le Ministre Beulé, qui le 4 Septembre est parvenu à en saisir deux copies....les exemplaires survivants, ont eu le privilège de se vendre pour les curieux affriandés des *scandales* que créent les Ministres de Combat, au prix énorme pour une brochure offerte *gratis* ....de dix shillings six pence par copie. Nous en avions alors 70 copies ; il ne nous en reste aujourd'hui que 10 copies !... Merci aux mânes du Beulé. Que la terre lui soit légère !... à cet homme !

1874. LES DERNIÈRES LUEURS D'UN FLAMBEAU QUI S'ÉTEINT. 1 fort vol. de 430 pp. *Rolandi,* 20, *Berners Street. Prix* 5s.

TRADUCTIONS.

TRADUCTIONS DE CHAUCER.

1855. THE FLOURE AND THE LEAFE (La Fleur et la Feuille). 1 petit volume de 60 pp. *Prix* 2s. 6d.

1857. THE FLOURE AND THE LEAFE (La Fleur et la Feuille). Le texte de Chaucer en regard de la traduction française. Cette seconde édition, ornée d'une gravure d'après Stothard. *Basil Montagu Pickering*, 196, *Piccadilly.   Prix 3s. 6d.*

    Ces deux éditions sont entièrement épuisées.

1857. CANTERBURY TALES. Nous avons appellé notre traduction *Contes de Cantorbery*—le mot de *Cantorbery* sonnant mieux à une oreille française que celui de *Canterbury*. Les hargneux de la Presse Anglaise, nous ont jeté à la tête, non pas des cailloux, comme le brave Timon dont nous venons de donner l'histoire, mais des pierres, de monstrueuses pierres ! ...

    Premier Vol.—1 vol. de 416 pp. orné du portrait sur acier, d'après Stothard, de Geoffrey Chaucer, et de 7 gravures sur bois d'après les dessins de Calderon, R.A.

    B. M. Pickering, No. 196, Piccadilly.   Prix £1. 1s.

Ce volume contient :—Le Prologue—Le Conte du Chevalier, *illustré*—Le Conte du Meunier, *illustré*—Le Conte du Bailli, *illustré*—Le Conte du Cuisinier—Conte de Gamelin, *illustré*—Le Conte de l'Homme de Loi—Le Conte de la Commère de Bath, *illustré*—Le Conte du Frère, *illustré*—Le Conte de l'Huissier, *illustré*—Le Conte du Clerc d'Oxford, et le Conte du Marchand.

1853. Deuxième Vol. 1 vol. de 480 pp. *Prix £1. 1s.* Ce volume est orné de 6 gravures sur bois, d'après les dessins de H. S. Marks, A.A., et contient :—Le Conte de l'Ecuyer, *illustré*—Le Conte du Franc Tenancier, *illustré*—Le Conte du Médecin—Le Conte du Vendeur d'Indulgences, *illustré*—Le Conte du Patron de Navire—Le Conte de l'Abesse—Le Conte de Sire Topas —Le Conte de la seconde Nonne, *illustré*—Le Conte du Vavasseur du Chanoine, *illustré*—Le Conte du Pourvoyeur et le Conte du Curé. *B. M. Pickering, No. 196, Piccadilly.*

    Il reste de ces 2 volumes 25 copies.

1860. Troisième Vol. 1 vol. de 256 pp. *Basil Montagu Pickering, 196, Piccadilly.   Prix 10s. 6d.*

Ce troisième volume publié sans illustration, contient le Conte du Laboureur—La Joyeuse Aventure du Pardonneur—l'Histoire de Béryn, un chef-d'œuvre, qu'il soit ou non de Chaucer, &c. &c.

Il ne reste plus de ce troisième volume que 12 copies.

By the bye ce volume a été dédié au Pape infaillible Pie IX. Delà son succès ! ...

1869. CLÉOMADÈS. Conte *trouvé* (The Squire's Tale) et traduit en vers français modernes, du vieux langage d'Adénès le Roy—Roy des Ménestrels du Duc de Brabant au 13me siècle. 1 vol. de 120 pp. *Basil Montagu Pickering*, 196, *Piccadilly*. *Prix* 10s. 6d.

Il ne reste plus que 15 copies.

TRADUCTIONS.

1862. BEAUTÉS DE LA POËSIE ANGLAISE. VOL. I, consacré *aux Poëtes modernes.* 1 vol. 380 pp.

1862. VOL. II, consacré *aux Poëtes modernes.* 1 vol. in 8vo. de 432 pp.

1863. VOL. III. *Poëtes anciens et modernes,* publié sous ce titre, RAYONS ET REFLETS. 1 vol. 434 pp.

1864. VOL. IV. *Poëtes anciens et modernes,* publié sous ce titre, LE FOND DU SAC. 1 vol. 500 pp.

1872. VOL. V. *Poëtes anciens et modernes.* Ce volume, orné de 12 gravures sur acier des principaux poëtes Anglais et Américains. 1 vol. 514 pp.

La collection complète, dont il ne reste plus que 5 *copies,* et qui contient la traduction de plus de 900 poëmes de poëtes depuis et avant Chaucer jusqu'en 1873 ; et de plus de 420 auteurs, se vend 6 guinées.

" C'est une encyclopédie poëtique " a dit un journal de France.

Les deux premiers volumes ne se vendent plus séparement.

Le troisième et le quatrième vol.—" Les Rayons et Reflets," et " Le Fond du Sac," se vendent chacun séparement, *prix* 15*s.*

Le cinquième vol., orné de 12 portraits, se vend *prix* £1. 1*s. Rolandi, 20, Berners Street.*

TRADUCTIONS DE SHAKESPEARE.

1865.   MACBETH. Tragédie en 5 Actes. *Londres : William Allen and Co. 4, Brydges Street, Covent Garden.*
    Cette tragédie a été d'abord publiée dans les colonnes du *Courrier de l'Europe.* Elle s'est vendue ensuite, *prix* 1*s.*   *L'édition en est épuisée.*

1864.   HAMLET. Tragédie en 5 Actes, 150 pp.   *Rolandi, 20, Berners Street. Prix* 2*s.*   *Restent* 12 *copies.*

1866.   JULIUS CÆSAR. Tragédie en 5 Actes, 142 pp. *Rolandi, 20, Berners Street. Prix* 2*s.*   *Il reste* 13 *copies.*

1867.   LA TEMPÊTE. Tragédie en 5 Actes, 128 pp. *Rolandi, 20, Berners Street. Prix* 2*s.*   *Il reste* 35 *copies.*

1870.   LE MARCHAND DE VENISE. Pièce en 5 Actes, 148 pp. *Thomas Hailes Lacy, 89, Strand. Prix* 2*s.*
                         Il reste 17 *copies.*

1871.   OTHELLO. Tragédie en 5 Actes, 190 pp. *Thomas Hailes Lacy, 89, Strand. Prix* 2*s.*
                Il reste 11 *copies de cet ouvrage.*

1872.   VIE ET MORT DE RICHARD III. Tragédie en 5 Actes, 181 pp. *Thomas Hailes Lacy, 89, Strand. Prix* 2*s.*
                         Il reste 4 *copies.*

1873.   LE ROI LEAR. Tragédie en 5 Actes, 212 pp. *Franz Thimm, 24, Grosvenor Street, Grosvenor Sq. Prix* 2*s.*
                         Il reste 19 *copies.*

1874.   TIMON D'ATHÈNES, Drame en 5 Actes. 1 vol. 184 pp. *Rolandi, 20, Berners Street. Prix* 2*s.*
    Cet ouvrage paraît ce jour 23 Avril, 1874. Combien nous en restera-t-il de copies dans un an, si nous vivons ?... C'est le secret des Dieux !

1868. SHAKESPEREAN GEMS (LES JOYAUX DE SHAKE-
SPEARE). In French and English Settings. 1 vol.
de 468 pp. *Publié par W. Tegg*, édité par nous.
Ce volume est la propriété du Publisher.

TRADUCTIONS DIVERSES.

1853. FABLES DE GAY. Première partie seulement. 1 vol.
de 250 pp. avec le texte en regard. *Whittaker & Co.,
Ave Maria Lane.* *Edition épuisée.*

1855. FABLES DE GAY. Deuxième édition. Même Publisher.
Edition épuisée.

1857. FABLES DE GAY. Complètes, avec un portrait de Gay,
par A. Hervieu. Suivies de specimens des Beautés de
la Poësie Anglaise. Un volume de 412 pp. *Whittaker
and Co. 20, Ave Maria Lane. Prix 5s.*
Il nous reste 3 copies de cette édition.

1861. FABLES DE GAY. Complètes, avec un portrait de Gay.
1 vol. 212 pp. *Rolandi, 20, Berners Street. Prix 2s.*
Il ne reste que 14 copies de cette dernière édition.

1856. EVANGÉLINE, poëme traduit de H. W. Longfellow.
Jersey, Ph. Huelin, Place Royale, No. 11. Prix 1s. 6d.
L'édition ne nous appartient pas. Elle est la pro-
priété de Mr. Huelin. *Nous la croyons épuisée.*

1857. SIMPLES POËMES, à l'usage des Ecoles Nationales,
traduits de Mistress Anna Potts. *Rolandi, 20, Berners Street. Prix 1s. 6d.* *Il en reste 3 copies.*

1858. LES MOINES DE KILCRÉ, avec un portrait du traducteur. 1 vol. de 224 pp. *Basil Montagu Pickering,
196, Piccadilly. Prix 7s. 6d.*
Il reste 33 copies de cet ouvrage.

1862. L'HOSTELLERIE DES SEPT PÉCHÉS CAPITAUX. Légende écrite par nous en vers d'après Monsieur
Charles Beulin. 32 pp. *Basil Montagu Pickering,
96, Piccadilly. Prix 1s.* *Il reste 12 copies.*

1864. FLEURS DES BORDS DU RHIN. *Beautés de la Poësie Allemande.* 1 vol. de 334 pp. *Rolandi, 20, Berners Street. Prix 4s.*

1866. FLEURS DES BORDS DU RHIN, &c. &c.
Il ne reste de cette seconde édition publiée en 1866 que 14 copies.

1869. LAMARTINE EN 1848. Poëme traduit de W. Charles Kent. *Rolandi, 20, Berners Street. Prix 1s.*
Il ne reste plus de ce poëme que 9 copies.

OUVRAGES ÉDITÉS

PAR LE CHEVALIER DE CHATELAIN

pour Mr. W. Tegg, Publisher. Ouvrages dont la propriété est à Mr. Tegg.

1867. RECUEIL CHOISI DE N. WANOSTROCHT.

1868. MAXIMS AND MORAL REFLECTIONS. By the Duke of Larochefoucault.

1869. HISTOIRE DE CHARLES XII. Par Voltaire, avec Introduction & Notes.

TABLE DES MATIÈRES.

DRYDEN PRESS : IMPRIMERIE DE J. DAVY ET FILS, 137, LONG ACRE, LONDRES.

TABLE DES MATIÈRES.

OPINIONS DE LA PRESSE sur les deux derniers Ouvrages du Chevalier de Chatelain.

PREMIER OUVRAGE :—

LES MISÉRABLES, Souvenir de 1862, Victor Hugo's new work, reviewed for the "Jersey Independent," paru le 31 Juillet, 1873, anniversaire de la naissance de notre chère et aimée Dame, Madame Clara de Chatelain.

DEUXIÈME OUVRAGE :—

LES DERNIÈRES LUEURS D'UN FLAMBEAU QUI S'ÉTEINT. Paru le 19 Janvier, 1874, le 73ième anniversaire de notre naissance. 1 vol. de 432 pp. Prix 4s. Rolandi, 20, Berners Street.

DRYDEN PRESS : IMPRIMERIE DE J. DAVY ET FILS, 137, LONG ACRE, LONDRES.

Pour paraître le 7 ... Avril, 1815,

LE CONTE D'HYVER,

TRADUIT EN VERS FRANÇAIS

PAR

LE CHEVALIER DE CHATELAIN.